哀《あい》瞳《とう》のレムリア

太平洋を巡る神々の光波《こうは》と
久遠《くおん》の時を刻む魂たちからの伝言

岩下光由記
IWASHITA MITSUYUKI

幻冬舎MC

哀瞳のレムリア

太平洋を巡る神々の光波と
久遠の時を刻む魂たちからの伝言

有史以前、氷河期よりもはるかはるか太古の昔、
この星にはレムリアという文明があった。
その足跡は世界中に散っていった、
海のように青い宝石が砕けたように……。
そして現代を生きる人々の魂へ
静かにその記憶の波を送り続けている。

目次

青い瞳の日本兵

太平洋の波の下で

ナスカ

『本日午前2時26分に妻が他界しました。生前に彼女がお世話になった方へご連絡させていただきます。在職中から退職後も、最後まで妻を気にかけていただき、本当にありがとうございました。通夜、告別式を行いますので、勝手ながら日程を送らせていただきます。ご参列いただけましたら幸いです』

このメッセージが来た夏の日を忘れることはないだろう。ちょうど休みでハワイのラニカイビーチに来ていたときだった。

「ああ、ついにこの日が来てしまったんだなぁ」

と思い深く目を閉じた。

送り主の〝夫〟にわたしは会ったことはない。この亡くなった〝妻〟とは、わたしの勤務する会社の後輩で、年下のある女性のことである。

「〝かんべなすか〟です」

入社したときに他の新人同期数人と共に明るく挨拶していたのを覚えている。

そしてもらった名刺をよく見ると〝神戸奈洲香〟と書かれていた。

「なんか神話に出てくるような名前ね！」

「両親が南米ペルーのナスカ平原に新婚旅行へ行ったんです。それで〝なすか〟という名前になりました」

「それは素敵ですね！　よろしくお願いします」

部署は違ったけれど、同じフロアだったので、普通に挨拶は交わす仲だった。

「来週、友達とハワイへ行くんです！　初めてなんですよ」

と社会人一年目に嬉しそうに言っていたことがあった。

「そう、楽しんできてね」

「どこかご存じのお勧めの場所はありますか？」

「わたしもそんなに知っているわけじゃないけど、カイルア地区は？　ファーマーズマーケットもあるし、カイルアビーチもラニカイビーチもきれいだし」

そんな話をしたことがあった。

戻ってきた彼女は残念ながらカイルアへは行けなかったと言いながらお土産を持ってき

てくれた。

「次に行くときには、必ず行きたいと思います。新婚旅行で行けたら！」

と笑顔で語っていた。


その後、何か体調不良でしばらく休むことになったという知らせは聞いたものの、詳しい状況はしばらくわからずにいた。

どうもかなり深刻な病気らしいという話が耳に入ったのはそれから半年してからで、白血病だったと……そしてやがて退職に至ったということがわかった。

ガン患者支援イベントに参加したときには、彼女の回復を祈るメッセージを作り、火を灯した。

彼女のご主人は、彼女の病と余命数年もないことをわかっていて、彼女が逝く前に急いで結婚したのだと思うと、胸が張り裂けそうになる。

彼女を見舞うご主人は、良くなったら新婚旅行でハワイへ行こう、10周年ではペルーへナスカ平原を見に行こうと励まし続けたと後で聞いた。

向き合うには若すぎる自分の運命を呪い、闘病の新婚生活を強いた神々を問い詰め、迫る死に怯えた夜が何度もあっただろう……。

「明日のわたしは誰かと言葉を交わすことができるのかしら」

「自分は何かを遺せるのだろうか」

そんな思いを持って今世の幕を閉じた一人の女性……享年26歳。

その知らせを聞いたときは、

「あなたはわたしの名前の意味に気が付いてくれますよね？　あなたの人生にほんの少しでもわたしが現れた意味を？　ナスカ、ペルーとハワイが繋がっていくことの意味を？　わたしの人生を意味あるものにしてくれますよね……」

という声が聞こえてきたような気がしてならなかった。

それからというもの、ハワイに来たときには必ずここのビーチへ足を運ぶようにした。なぜか忘れることなく思い出す、わたしなりの彼女への慰霊の旅でもあった。

ただはるか太平洋の先の南米、アンデス文明のナスカという名前を持つ女性の死が、どうしてここまで気になったのかは、わたしにはよくわからなかった。

波の先に見える二つの島が恋人同士のように並んでいる。そしてビーチの砂ひとつぶひとつぶが、ここに集まる魂を優しく包み込むように細やかに広がっている。海は青い宝石のようにきらめいていた。そして降り注ぐ日差しがその輝きを引き立たせる……。

まだ幼い娘の亜美は浮き輪に身を任せ、無邪気な笑顔でその日差しと海を楽しんでいた。静かに穏やかに繰り返す波の音は、太古から送り続けられていたメッセージに包まれているかのようだった。

このメッセージが、母親であるわたしではなく、娘の亜美に向けられたものであり、彼女が向き合うべき魂の持ち主であったことを、このとき神々は、わたしに教えてはくれなかった。

太平洋の波の上で

――22年後――

亜美　１９９５年生まれ。
パラオ旅行や留学時代の経験などから、魂の繋がりを意識し始める。

亜美の父　１９６３年生まれ。56歳のときに病気で他界。
亜美にメッセージを残す。

アリサ　亜美の留学時代の友人。フィリピン生まれ。

佐川　手記を書いた人物の戦友。前田高地で戦死する。

パラオ

休憩のときにカフェラテを飲むのが、忙しい仕事の合間でほっとできる時間だった。このお気に入りの場所はオフィスビルの1階だが、窓からは坂道が陰となって、行き交う人や車が見えない。大きな交差点からも距離があり、周囲の雑踏が目にも耳にも入らない穴場、それだけでも安らげる。

今日も亜美はその時間を楽しみながら、最近よく見る夢のことを考えていた。

こどもの頃から、太平洋の島々が大好きだった亜美。両親がこどもの頃からよく連れていってくれた旅行のせいかもしれないが、なぜか故郷へ帰ったような感覚になり、心が落ち着き、そしてよく眠れた。

今年の休みはどこへ行こうか、どこのビーチでのんびりしようかなとか考えていたここ最近、不思議な夢をたびたび見るようになった。

その夢は、こどもの頃両親に連れられて行った島々、そこで潜った海や、海辺の情景が重なったような夢だった。島に残された戦車の残骸、遠くに見える飛行機や軍艦、輸送船の残骸、そこを何事もなかったかのように楽しそうに泳ぐきれいな魚たち、そして海を通して静かにそれを照らす太陽。まだこどもだったけど、それを見ていて何とも言えないノスタルジーを感じていた。その光景はその後も忘れることなく亜美の脳裏に焼き付いて離れることはなかったが、そのときの感情が夢の中に蘇ってくるのは、どうしてだろう？

そして、夢の最後には決まって神話に登場するような雰囲気の男性が出てきて、優しい目で微笑んでいる。そして目が覚める。

亜美自身も遠い昔の時代の誰かの生まれ変わりなのかなぁ？と思うことがときどきあった。自分の名前は父と母が〝アジアの未来が美しいものであるように〟と願って決めたと聞いていた。

そんなことを考えていると、初老の紳士が隣の席に近づいてきた。

「ここ空いていますか？」

「どうぞ」

別によくあることなのだが、驚いて隣の紳士の横顔を少し覗き込んでしまった。夢に出てくる人と瞳が似ている気がした。

「何か？」

「ああ、いや、あの何でもないです」

びっくりして慌ててしまい、スコーンを落としかけて右手で拾ったところ、その紳士の左手がそれを取ろうとして亜美の右手を包み込んだ。

そのとき、温かい何かに包まれ、表現できない幸せを感じた。こどもの頃、父と母に手を繋がれて歩いていたときに似ている感覚だった。

「大丈夫ですか？　落ちなくて良かったです」

「あ、ありがとうございます」

亜美はその紳士の瞳に吸い込まれるような感覚になった。そして照れくささを隠すように慌てて目を逸らした。

「あの～」

「あなたは……」

二人が同時に言葉を発し、そこで一瞬の沈黙の後、お互い軽く笑みがこぼれた。

「どうぞ、何か？」

とその紳士。

「あのう、どちらかでお会いしたことありますか？」

「ああ、ははは、そうお感じですか？」

「いや、あの、何となく……」

「そうですね、はるか遠くの過去世かもしれませんね」

「えっ？　過去世？」

「あはは……」

一瞬だけ哀しそうな瞳を見せたその紳士。その後はお互い何も言葉を交わすこともなく時間が過ぎていき、その紳士はそのまま去っていった。

何となく背中を見送った後、視線を元に戻したら、封筒がテーブルの下に残っていた。忘れ物だと思ったものの、既にその背中はもう見えなかった。

その封筒を手にしたら開いていたし、それほど大切なものでもなさそうなことはすぐにわかった。これなら見ても良いだろうと中身を出してみると、旅行会社のパラオのパンフレットだった。中には、おそらく旅行会社の人からと思われるメモがあった。

〝小泉さま、いつもありがとうございます。ご希望の日程が決まったらお知らせください。最後のパラオ旅行になるかもと伺って、必ずご満足いただけるように頑張ります。ご要望

は何なりとお申し付けください〃

とあった。

本人を追いかけなくても良いだろうと思いながら、時計を見て慌ててその封筒を店員に託し仕事へ戻った。

その日の仕事を終え家に戻り、電気をつけて、「ふー」と息を吐いて部屋に帰った亜美は、冷えたレモンサワーを飲みながら、ニュースを流していた。

「飯田橋の交差点で、乗用車が信号待ちをしている人へ突っ込む事故があり、三人の方が重軽傷、一人が死亡しました……ケガの三人は病院へ搬送され治療中ですが、命に別状はないようです。亡くなられたのは65歳の男性、会社役員のコイズミさんとわかりました」

「えっ？　やだ、うそ？　あの人？　まさか……」

昼間のカフェの出来事を思い出した。

「パラオへ行きなさいってことなのかしら……」

侵略者の皇太子

高校時代からの仲良し四人組、のりこ、ルナ、ゆうこと卒業後に行った女子旅の楽しかった思い出と、小泉さんの手のぬくもりが亜美をパラオへと導いた。

直行便で4時間、機内でくつろぎながら、飛行機がフィリピン上空を通り抜けていくとき、亜美自身が20代前半にアメリカへ留学していた頃のことを思い出していた。


シアトルから飛行機で6~7時間、アイダホとの州境近くのキャンパスで過ごしていた。ワシントン州に留学していた亜美は英語と格闘しながら、友人たちと交流する日々を過ごしていた。

「ハイ、亜美!」

彼女はフィリピンからの留学生アリサ。ミクロネシアらしい褐色の肌に大きな瞳の持ち主。

「いいよな、アリサはもともと英語ができるからアドバンテージあるよなぁ。わたしは何やるのにも単語の確認から……嫌になっちゃうわ」

「ふーん、そう思う？」

「授業だってフォローするのが大変なのよね……」

「いいじゃない、日本は母国語で高等教育が全てできるんでしょう？」

「うん、まあね」

「大学院まで日本語でOKでしょ？　それってすごいことなのよ」

「そうなの？」

アリサは全くもう、という顔をして苦笑いしながら亜美を見た。

「だって、わたしの国の名前って、知ってるでしょ？」

「フィリピンでしょ」

「この名前の由来って知ってる？」

「えー、だってフィリピンはフィリピンでしょ？」

また彼女は全くもう、という顔をしていた。

アリサとは寮の同じ部屋で過ごしていた。パーティーではお互いよくビールを飲んで、盛り上がって話をした。彼女は日本が好きだし、日本人を尊敬しているといつも言っていた。

「ねえアリサ、わたしたちは、日本は侵略戦争をした悪い国って教わっているのよ。どうして日本が好きなの？」

「寿司は美味しいし、着物はきれいだし、みんな礼儀正しいじゃない。日本のアニメは可愛いし、きれいだし……どうしてそんな風に教えられてるの？」

「だって、あなたの国、フィリピンだって日本に酷いことをされたのでしょう？」

このときのアリサの顔は今でも忘れることはない。怒りとも悲しみともとれる何ともやるせない瞳だった。

「ねえ、亜美、今度日本に帰るとき、うちに寄らない？」

「えっ？　アリサのとこ？」

「わたしの曽祖父の兄はリカルテ将軍に仕えていたの。日本に滞在していたこともあったのよ」

「えっ、何々？」

「亜美、あなたはわたしのところへ来るべきよ」

彼女のこの力強い一言に、亜美は冬休みの一時帰国の途中で、フィリピンに寄ることになった。

太平洋の島国、フィリピンは初めてだった。空港まで彼女が運転して迎えに来てくれた。

「ようこそ、わたしの母なる国へ」

彼女は眩しい太陽と青い空をバックに、笑顔で亜美のトランクを手に取ってくれた。

空港を出るとすぐに、活気の溢れるマニラ市内へと車が入っていった。

「あの人がラプラプ王という人、知らないでしょ？」

銅像を指さしながらアリサは笑った。

「ごめーん、知らない」

亜美は確かにこの大切なアジアの親友の国のことを、はるか海のかなたのアメリカやヨーロッパのことよりも知らない。

「あの人はね、アジアで初めて西洋人に立ち向かった人なのよ」

「えー？」

ポルトガル人であるマゼラン率いるスペインの船がこの地にやってきたのは１５２１年。

彼らがこの平和な島々を発見するずっと前から、フィリピンには何百万人ものマレー、インドネシア系の人々が静かに暮らしていた。

スペインはその後、キリスト教を布教しながら、近代兵器を手にわずか３００人くらいの軍隊でルソン島を制圧。それまで戦うことを知らぬ平和を愛していた人々は、簡単に負けてしまう。

一矢報いようと立ち上がってマゼランを殺したのがラプラプ王だった。しかし、それ以来300年以上にわたり、過酷な弾圧と搾取の植民地奴隷の毎日を過ごすことになってしまう。

やがて一人の英雄が現れた。スペイン本国のマドリード大学に留学し医学を志した青年は、後に1888年に日本を訪れ、約2か月滞在した。そのときの日本を見て、母国の独立を夢見たのではないかと言われている。ホセ・リサールというフィリピン独立を目指したこの青年は、支配国スペインからは危険人物とされ、何度も他の島に流刑にされた。

その後、スペインからの独立を求めて革命運動が巻き起こるが、リサールはその首謀者として、マニラ市内で何万人もの人々の前で見せしめの銃殺刑にされてしまった。

アリサの解説を聞きながら、車はマニラ郊外のアリサの自宅へ。普通の日本の戸建てで生活していた亜美からすると大邸宅、門から玄関まで百メートルはあった。

「アリサ、なんかすごいおうちだね」

「そう？　ゆっくりくつろいでね」

「ようこそ、いらっしゃいました。あなたに会えるのをずっと楽しみにしておりました」

と柔和な笑顔でアリサのお父さんが挨拶してくれた。

「亜美です。今日はお招きいただいて、ありがとうございます」

「フライトで疲れたでしょう、少しお休みください。ディナーはそれからにしましょう」

とお母さんが寝室へ案内してくれた。

広いダイニングテーブルで、四人で始めた食事は楽しかった。

「アリサはねえ、日本の女の子と友達になれた、是非うちに連れてきたいってずっと言っていたのよ」

とお母さん。

「そうそう、是非これからもよろしくお願いしますね」

ワインを飲みながらお父さんも笑顔で話してくれた。アリサのお父さんは貿易で財をなした人、お母さんとはこどもの頃からお互いを知る幼馴染だったそうだ。

「ところで、亜美さん、あなたの名前は日本語で、漢字でアジアという意味があると娘から聞いていましたが」

「はい、美しいアジア……みたいな意味です」

「そうですか、亜美という響きもいいし、それはわれわれも嬉しくなる名前ですね」

「ありがとうございます」

亜美もお酒が回り心地良くなってきて嬉しくなった。

「わたしの家は、日本とご縁があってね。だからあなたが今日来てくれたのも神様のお導きだと思います。本当にありがとう」

お父さんは、日本と縁のあった自身の祖父の兄のことを語り始めた。


「リサールが殺された後に、志を継いだリカルテという志士が革命軍の将軍となり、フィリピン独立を目指すことになりました。

同じ頃スペイン領だったキューバでも独立運動が起こります。アメリカはキューバに投資をしていたので、それを守るためにメイン号という戦艦を派遣します。ところが、これが撃沈されたとして、アメリカはスペインと戦争を始めました。世に言われる〝リメンバー・メイン〟です。今ではこれも自作自演だったのではと言われています。

〝リメンバー・パールハーバー〟はご存じでしょう。〝リメンバー○○○○〟というのは、戦争で儲けたい人たちの合言葉のようです。

そしてアメリカ艦隊はフィリピンのマニラ湾にもやってきて、〝アメリカはフィリピン独立軍を支援する〟と宣言したのです。フィリピンの独立指導者たちはそのアメリカの言葉を信用してしまいました。アメリカがスペインを追い出すのに協力してくれると思い、独立軍は喜びフィリピン共和国を発足させました。

ところが、スペインを追い出したら、アメリカはフィリピンの独立を認めてくれませんでした。アギナルドという大統領はアメリカが独立を認めてくれると望みを抱いていました。

しかし、アメリカの野望を見抜いていた、そしてアメリカを信用してはいけないことを心得ていたリカルテは、アジア同胞の日本に助けを求めて独立を目指すべきだと忠告し続けました。わたしの祖父の兄は、そのリカルテ将軍の側近の将校だったのです。

結局アメリカはフィリピン独立を認める気などさらさらなく、スペインに代わって自分たちが支配すると最初から決めていました。

わたしの祖父の兄は密かに日本に渡り、アメリカから独立するための武器弾薬の援助を求めて奔走しました。日本には、宮崎滔天という大陸浪人や頭山満という人が率いる玄洋社、内田良平という人の黒龍会といったアジアの独立を応援する人々がたくさんいました。彼らは祖父の兄を同じ人間として対等に向き合ってくれたのです。フィリピンを救えと団結して、カモフラージュするために石炭を積んだ船に300トンの武器弾薬を載せた布引丸という輸送船を用意してくれました。

彼らは、白人覇権国にアジア人同士が分断され戦わされないように、アジア諸国の独立支援に命をかけていました。中国革命の父と言われる孫文のことも応援していました。そして布引丸の準備には日本の財閥も協力してくれたのです。

リカルテ将軍は布引丸の到着を心待ちにしていたのですが、残念ながら上海沖合で沈んでしまいました。しかし、この善意をフィリピン独立の志士たちは忘れることなく伝え続けました。アメリカ統治時代でも日本に対する信頼がゆらぐことはなかったのです。

大東亜戦争中、日本軍に抵抗し続けた反日フィリピンの人々ということだけが事実とは言い切れません。後にマルコス大統領は、この恩に報いるべく、布引丸の日本の犠牲者の遺族を何度か国賓として招いています。


日本滞在中に明治天皇からアギナルド大統領に日本刀が下賜されることになり、わたしの祖父の兄は、犬養首相からそれを預かり、フィリピンへ持ち帰りました。

アギナルド大統領は生涯この日本刀を大切にしていたそうです。３００年の長きにわたり独立を夢見てきたフィリピンの人たちにとって、日本は輝ける太陽でした。日本がロシアに勝利したときには、マニラ市内は日の丸の旗を振ってお祝いする民衆で溢れかえり、お祭り騒ぎだったのです。アジア・アフリカの人たちは、一生涯白人たちの奴隷だという運命を変えることなどできないと思っていたからです。

これがわたしに残された写真です」

アリサの父親は祖父の兄とリカルテ将軍の写真を見せてくれた。白黒のセピア色に褪せた写真だったが、そこには母国の独立を夢見る二人の瞳が力強く輝いていた。

「やがてアメリカから10万人の大軍がフィリピンにやってきます。その司令官はアーサー・マッカーサー。副官のダグラス・マッカーサーはその息子、ご存じでしょう。後の日本統治のＧＨＱ（連合国軍最高司令官総司令部）司令官です。そしてアメリカはフィリピン併合を宣言しました。

抵抗するフィリピンの独立を夢見る志士たちとアメリカとの戦争では、アメリカは残虐の限りを尽くし、反抗するフィリピン人およそ60万人が虐殺されました。

〝Kill everyone over ten（10歳以上は皆殺しにせよ）〟、これは当時のアメリカ軍の合言葉です。新聞や雑誌の風刺画にも載っています。

結局スペインがアメリカに変わっただけで、彼らがやることは同じでした。当時のわたしたちは、白人からすれば人間ではなかったのです。

アーサー・マッカーサーは、独立を諦めアメリカに忠誠を誓えば身の安全と生活を保障するという懐柔策を弄し、独立の志士たちは目の前の現実に屈していきます。

屈しなかったリカルテ将軍と祖父の兄たちは、グアム島へ流刑されます。今でこそ観光地のグアムですが、当時はマラリアやコレラがはびこる地獄の島でした。

密かに脱出し、祖国へ潜入したリカルテは再び独立のための蜂起を試みますが、アメリカ官憲に捕まり、投獄されます。辛い監獄生活で何度もアメリカ合衆国に対する忠誠宣誓書に署名を迫られるも、リカルテはＮＯ！を貫き、やがて国外追放されました。

彼が辿り着いたのは、香港近くのラマ島という無人島でした。そこにはリカルテの勇名を知る中国やインド、アジア諸国の独立運動の志士たちが集まってきました。彼が生涯愛し続けた恋人アゲタ・エステバンも彼を追ってこの島にやってきて、彼を支え続けました。

自分たちの母なる国の独立を夢見る志士たちに囲まれ、二人はその小さな島でささやかな結婚式を挙げました。

アゲタはいつも優しい瞳で、アジア独立の志士たちを支えてくれたそうです。

同じ頃、祖国インドをイギリスから独立させようと日本に亡命していたラス・ビハリ・ボースは、彼を助けてくれていた頭山満や、犬養毅たちにリカルテの救出を頼み、そのおかげでリカルテはついに日本亡命を果たし、1923年から横浜に住むようになりました。その10年後の1934年、アメリカはフィリピンの半独立を認め、かつての同志たちは横浜にリカルテを訪ね、帰国を願いました。ところが、

『わたしは、フィリピンにアメリカ国旗が翻っている限り帰らない。わたしが帰る日は、母なる国が完全に独立して、フィリピン独立軍の旗が翻るときだ』

とリカルテは首を縦に振りませんでした。

1941年、日米開戦の日が来ると、リカルテは母国フィリピン独立の最後の夢を懸けて帰国し、日本と共に対米戦に身を投じます。開戦当初こそ戦果を挙げた日本でしたが、そもそも物量で圧倒的に劣勢の日本は徐々に追い込まれていきました。

1944年にはマッカーサー司令官が反撃に転じ、対する山下奉文陸軍将軍は、マニラを支えきれなくなり、山岳地帯へ退いていきます。

武器弾薬も尽き、食料もなくマラリアや赤痢などで死んでいく日本兵たち……。シンガポール陥落でマレーの虎と呼ばれた山下将軍をもってしても戦況を変えることはできず、フィリピンの未来のためにリカルテ将軍を死なせてはいけないと、山下将軍は再び日本への亡命を進言しました。しかしリカルテは、

『わたしは、アメリカとの戦争で降伏していない唯一の将軍です。わたしが母国に踏みとどまらなければ、この国の未来が失われます。最後の一人になるまでわたしはアメリカと戦います』

とそれを断ります。

1945年4月、山中の野営地の中で、アゲタ夫人が亡くなりました。リカルテは夫人の手を握り瞼にキスをしてから、静かに抱きしめて、

『今度は人種差別のない時代に、奴隷から抜け出すために戦う必要のない国に生まれ変わって結婚しよう』

と囁きました。周りにいた祖父の兄たちもみんな涙したそうです。

涙を流しきったリカルテ将軍は、後を追うように祖国の独立に懸けた80年の人生を終えます。

リカルテ将軍の遺言は、

〝わたしの墓は第二の故郷である日本に建ててほしい。そしていつの日か独立を果たしたこの国のこどもたちを日本へたくさん留学させてほしい〟

だったそうです。わたしの祖父の兄はそのことを祖父へ伝えてから亡くなりました。

祖父はこのことを息子たち、孫たち、わたしたちに伝えてくれました。だから今日ここに亜美を迎えたことは、わたしたち家族にとってもとても大切な日を迎えたような気がするんです。生涯結婚もせず、リカルテ将軍に仕え独立を夢見た祖父の兄はきっと喜んでいるでしょう」


そう言って、写真の前にグラスを置いて、嬉しそうに日本酒を開けて注いだ。

「今日のために日本酒を買ってきました。娘は日本への留学は選ばなかったけど、アメリカで日本の方と友人になれた、それだけでも」

初めて聞くこの家族の物語に言葉が見つからなかった亜美だった。そんなことなど学んだこともない、それどころか考えようとも向き合おうとしたこともなかった。同時にこの太平洋の大切な友人との絆を大切にしようと思った。

「亜美さん、日本へ帰ったら、横浜の山下公園へ行ってほしいのです。そこにはリカルテ将軍の記念碑があるはずです。そこへこれを飾っていただきたいのです」

差し出されたのは、中央に黄色い太陽のあるマークのレプリカだった。

「これは、何ですか？」

「フィリピン独立軍の旗です」


フィリピンを出る前に、スペイン政庁から見せしめの銃殺刑にされたホセ・リサールの記念館へ連れていってもらった。マニラ市内にあるリサール記念館には、美しい日本婦人の写真が飾られていた。なんとそれはリサールが日本滞在の数か月の間に恋に落ちた日本の女性だったそうだ。

「この青年リサールには日本人の血が流れていたんだって」とつぶやくアリサ。

「ええ、そうなの？」

「フィリピンが中南米の国のインカ、ペルー、マヤのように全滅されなかったのはなぜだと思う？」

「この革命に命を懸けた人たちのおかげ？」

「ううん、それよりも前のこと。フィリピンには日本の江戸時代よりずっと前から日本の武士たちが結構来ていたのよ、彼らは正義の味方だったの。スペインやポルトガルからやってくる白人たちが乱暴狼藉を働いていると、日本のサムライたちが退治してくれたのよ」

「わたしが知らないことばかりだわ……日本人として恥ずかしい」

そう答えるのが精いっぱいだった。


空港で別れる前にアリサが尋ねてきた。

「わたしの国の名前の意味知ってる?って聞いたこと覚えてる?」

「ああ、フィリピン?　フィリピンはフィリピン……」

「これはわたしたちの祖先を虐殺したスペインの王室の皇太子の名前、フェリペ皇太子」

「えー、そうだったの?」

「そうよ、そんな名前でわたしたちに誇りなど持てると思う?　パスポートを見る度に悲しくなるの」

「そうだったのかぁ」

「1978年頃、マルコス大統領が国名をマハルリカへ変えようとしたんだけどね、立ち消えになっちゃったの」

「そうなんだ、マハルリカ？　それってどんな意味？」

「サンスクリット語でね、〝気高く生まれ変わる〟って意味なの。ねえ亜美、父の願いを叶えてね、横浜へ行って！　いつかわたしも行くわ」

「もちろん、必ず行ってくる」

別れのハグをしたときにアリサは言った。

「亜美、わたしたち幸せになろうね。忘れないで、日本は今でもわたしたちの希望なのよ」


横浜山下公園、リカルテ将軍記念碑。

〝アルテミオ・リカルテは１８６６年10月20日フィリピン共和国北イロコス州バタック町に生る。１８９６年祖国独立のため挙兵、１９１５年「平和の鐘の鳴るまで祖国の土をふまず」と日本に亡命……リカルテは真の愛国者であり、フィリピンの国家英雄であった。茲に記念碑を建て、この地を訪れる比国人にリカルテ亡命の地を示し、併せて日比親善の一助とす。

昭和46年10月20日　財団法人フィリピン協会会長　岸信介〟

シャーマン

「亜美、あなたと行きたいところがあるのよ、一緒に行こう！」

アリサにそう言われたのは初夏だった。ワシントン州は冬の寒さは厳しいが、その日の気候は最高だった。どのあたりだったか場所ははっきりとは覚えていない。高い木々に囲まれた道を長い間車で駆け抜けて、辿り着いたのは古代の遺跡を思わせる小高い丘だった。周りは芝と緑に囲まれていて、見渡せる景色が美しかったことだけは記憶に残っている。

以前に参加したことがあるアリサに誘われ、ネイティブアメリカン、いわゆる先住民、白人たちがやってきてアメリカを建国する前から北米に住んでいた人たち、その末裔の儀式に連れていかれたことがあった。

一人の年老いた女性を真ん中に、みんなが輪になって彼女を囲んでいた。

何をやっているのかよくわからなかったけど、その女性はとっても深い哀しみに満ちた表情をしていた。儀式の終盤、参加者が手を繋いで目を閉じた。亜美もそれに倣った。地球の声に耳を傾けるセレモニーのような感じだった。

中心にいる年老いた女性が何かを優しく語っていた。

〝地球が痛がっている〟。その女性はそんなニュアンスのことを言っていた。

そのよくわからない儀式が終わると、その女性は参加者一人一人と言葉を交わしていった。亜美たちもその順番を待っていた。

「よくお越しになりました、ありがとう。あなたはどこから来たの」

女性が手を差し出してきて、握手をした。その手の甲から腕にかけてきれいな青いタトゥーがあった。

「州立大学です、留学生です」と亜美が答えた。

「そう、どこの国から？」

「日本です」

「そう、わたしのところへ来た日本人はあなたが三人目よ。誇り高い勇者の民の末裔ね」

「えっ？」

その女性の言葉は耳を疑うような言葉だった。

深いしわをさらにくっきりとさせながら、穏やかな笑顔で微笑んでくれた。

「どうしてそんなことを？　誇り高い勇者なんて……」

「あなたも同じね。前の二人もあなたのように驚いていたわ。あなたがたの祖先は、自分たちの誇りと家族を護るために命を懸けた人々、命よりも大切なことがあることをわかっていた人々……わたしたちの祖先もそうでした」

「えっ、日本が？　どういうこと？」

「わたしたちにはわかっていたのよ、あなたたち日本もわたしたちの祖先と同じように争いに引きずり込まれて、立ち上がり、そして力尽きたことを」

「何のことですか？　戦争のこと？」

「そうです。あなた方の祖先は勇敢でした。あなたの名前は？」

「亜美です」

「そう、亜美、いい響きね。あなたの名前には意味があるはず。亜美、誇りを持ちなさい」

「ええ？　でも日本はパールハーバーにアタックしたし、侵略戦争をしたから」

そう言いかけたら、その女性が亜美の言葉を遮るようにハグをしてきた。

「わたしたちの祖先も同じように言われ続けてきたのよ。野蛮で好戦的な人々、彼らの神の教えを理解しない愚劣な民、人間ではなく動物のように扱われてきたの……。わたしたちの伝統も文化も信仰もことごとく破壊されてしまったの」

亜美はその女性の言っていることをよく飲み込めなかった。

「わたしの祖先は、密かにそのことを伝え続けてきました。あなたがたもそうしなければならないの」

「どうしてですか？」

「日本がもし今のままだったら、わたしたちと同じように自尊心や自己肯定感を喪失して、自ら命を絶つ人々が増えるでしょう。そしてやがて溶けてなくなっていくでしょう。それは命よりも大切なもののために勇気を持って立ち上がった人々を悪として貶めてきた当然の結果なのです。わたしたちの祖先も同じ道を辿りました。今わたしたちネイティブアメリカンも大切なものを失ってしまいました。だいたいインディアンとかネイティブアメリカンという呼ばれ方自体、わたしは恥ずかしいことだと思っています」

「え、どうしてですか？」

「わたしたちにはそれぞれの部族の名前がありました。この大陸でそれぞれの部族が棲み分け、この大地に生きる自然と動物たちと調和と平和の中、奪い合うことなく、分かち合うことで毎日幸せに暮らしていました」

「そうなのですか？」

「白い人たちにことごとく破壊されてしまったのです」

「ヨーロッパからの移民とアメリカ建国のときのことですか？」

抱きしめてくれていた腕をほどいて、この女性は真っすぐに亜美の瞳を見て話し続けた。

「そう、彼らは銃とコインを使ってこの大地と人間の心を破壊しました。それまでわたしたちは所有などという意識は持っていないし、お金の豊かさという概念もなかったのです。そんなものなくても豊かで幸せだったのです。ここの大地もわたしたちの命も全て神々のものだった」

亜美はこの女性の瞳にどんどん吸い込まれていった。

「今のあなたの国は、表向きは豊かです。しかし心は貧しい、わたしたちと同じです」

時はバブル経済が終わったとはいえ、まだまだ日本は経済大国の一つだった。

「亜美、あなたにもいずれ大切なメッセージが届く日が来るでしょう……覚えておきなさい。わたしたちの祖先とあなたがたの祖先はかつて兄弟姉妹だったのよ」

「祖先が兄弟？」

亜美にはさっぱり意味がわからなかった。

「あなたにメッセージが届いたとき、あなたがそれを受け止めるかどうかはあなたが決めることです。わたしたち北米大陸にもともと住んでいた民は、あの山々を、人を欺く目を持った人々に渡してはいけない……と代々教えられてきました。それが引き金で悲劇を起こすことになったの……」

最後に憂いに満ちた瞳と謎めいたメッセージを残し、そしてこんな詩を亜美に手渡して彼女は離れていった。

〝これからも魂の旅を続けるあなたにわたしは「ありがとう」と言う。

なぜなら、わたしが与えた今日のメッセージは、わたしがその昔受け取ったものだからだ。

わたしもかつてはあなたと同じように暗闇の中にいた。

そして無条件の愛に包まれたとき、内なる暗闇が去っていくのを感じた。

そのとき、溢れる涙を止めることができなかった。

森の精霊たちは語りかけている。

それは静かにこだまする。共に希望ある世界を創ろうと。

火の精霊たちは語りかけている。
それは静かにこだまする。共に希望ある世界を創ろうと。
川の精霊たちは語りかけている。
それは静かにこだまする。共に希望ある世界を創ろうと。
風の精霊たちは聴いている。
それは静かにこだまする。共に希望ある世界を創ろうと。
海の精霊たちは微笑んでいる。
それは静かに寄せては返す。共に希望ある世界を創ろうと。
さあ、共にひざまずき、神々のささやきに耳を澄ませよう。
そして、あなたは目の前の扉に手をかけて、こう言う。
ありがとう、あなた……と〟

たまたまそのセレモニーに同じ大学から来ているグループもいたので、その人たちと合流して、終わってから10人くらいでコーヒーを飲みながら話をした。
その中に北米の歴史を学んでいる学生がいて、その人が建国前の時代のことを教えてくれた。

アメリカ合衆国に住むネイティブアメリカンは数百年前、ヨーロッパからの白人たちの入植により、キリスト教徒による大虐殺、民族浄化、強制移住などで、人口の90パーセントが抹殺された。その代わりの労働力としてアフリカからたくさんの人たちが奴隷として連れられてきた。アフリカの大地で幸せに暮らしていた彼らは、知能が低く劣った人種なので服従させて当然とされ、大変な苦難の道のりを歩まされる。

現在のアフリカの銃社会や悪い治安の元凶はそのときに白人たちから対立させられ、銃を売りつけられ、分断されたことにあるとも言われている。オーストラリアから来ていた留学生は、それはアメリカ大陸だけではないのだと話してくれた。オーストラリアにはアボリジニと呼ばれる人々が暮らしていたのだが、イギリス人たちから、同じく人間ではないとされ、あろうことか狩りの対象とされていた。そしてその伝統や文化を絶滅させるためにアボリジニのこどもたちは隔離され収容所で育てることにし、その政策は１９７０年代まで続いていたそう。

機内で夢うつつの中で思った。あのカフェで会った小泉さん、あのときのシャーマンのようなネイティブアメリカンの女性、どちらも吸い込まれるようなきれいな、でもどこか哀しげな瞳をしていた気がする。

サクラサクラ

機内の窓からパラオの群島が目に入ってきた。

今回は、こどもの頃両親が連れてきてくれたときと同じホテルに泊まることにした。

1週間休みをとって、ゆっくりくつろごう、自分自身の人生も見直そうと思っていた。

亜美には、婚約までしていて別れた恋人がいた。理由はわからない。

婚約をしてから、相手の両親と既に他界していた父の写真と母と共に旅行へ行ったとき、妙なことが起こった。

お風呂を終えて部屋に帰ってみると、母が驚いた顔で亜美に言った。

「ええ、なんで？　こんなことが……」

「どうしたの？」

「嫌だわ、お父さんの写真のガラスにひびが入ってる。こんなに大きく、どうして？　何かしら？」

「落としたわけでもないのに、こんなことあり得ないわよね……」

と亜美も驚いた。


それから、その彼とはことごとくすれ違いが起こり、いつの間にかお互いにやっぱりやめようということになった。

また新たな恋をしよう。きれいな海を見れば、また前を向ける。そんな心境も手伝ってパラオに来た。

空港から真っすぐホテルへ向かい、チェックイン。まずはゆっくりお風呂でも入ろうと思っていたところ、ベルが鳴った。

「何か？」

ホテルの従業員が立っていた。

「あなたにメッセージがあります」

ドアを開けると手紙を渡されたが、どうせ何かのツアーの案内かなんかだろうと思い、そのままテーブルに置いて、お風呂へ入った。

バスローブに身を包み気持ち良くパラオ初日のビールを一口たっぷりと味わった。

「うわー、うまい！」

とひとり声を上げた。

両手両足を気持ち良く伸ばしてソファーでくつろぎながら、メッセージを開けた。

〝亜美さん。今回パラオのこのホテルにお越しになることをずっとお待ちしておりました。明日、ホテルに午前10時にお迎えにあがります。あなたのご両親から、もしあなたがこの地を訪れることがあれば、案内することを託されておりました。ソフィア・サクラ・フィラン〟

（なんだなんだ？　何が起きているんだ?!　でも確かに両親の名前もあるし、これは何かの歯車が回っているのかな？　まあ、名前からして女性だし、治安もそんなに悪くないし、大丈夫だろう。こんな旅があってもいいだろう）

亜美は、考えるのが面倒でそんな心境で眠りについた。

翌朝、朝食を済ませ、ロビーで待っていると、何ともいえない優しい笑みを携えて一人の女性が近づいてきた。

「おはようございます、亜美さんですね。わたしはソフィアです。あなたに会える日をずっと長い間お待ちしておりました」

流暢な日本語を話す女性は一瞬で亜美の心を掴み、そして警戒心を溶かしてくれた。

「日本語上手ですね！　なぜわたしのことを？」

「それはこれから」

そう言って彼女はウインクした。

「ソフィア、あなたのミドルネームが〝サクラ〟でしたよね？」

「そうです、サクラと呼んでくれてもいいですよ！」

「どうして両親のことを？」

「それもこれから！」

「ええ？」

ロビーを出て、車に乗り込んだ。

「まず、日本・パラオ友好の橋へ行きましょう」

そう行ってソフィアはハンドルを握った。

「その後は？　きれいな海！　ミルキーウェイへ行きたーい！」

前回の楽し過ぎた女子旅を思い出しながら亜美は言った。

「いいや、まず先に一番大事なところへ行っていただきます」

「えー……」

この橋は以前に米国政府の発注でとある企業が造ったが、欠陥工事の噂が後を絶たず、その後残念ながら壊れてしまったそうで、死亡者も出たそうだ。暗黒の9月事件と言われ、それによりインフラがズタズタになり、非常事態宣言が出された。そのときにはその企業が既になくなっていたので、賠償がなされなかったそうだ。

そこに日本が手を差し伸べて鹿島建設が無償で造り直しをした。それ以来日本・パラオ友好の橋と言われている。ソフィアは運転しながらそう説明してくれた。この橋を走り抜けてから、しばらく車に乗り、着いたのは港だった。

「さあ、ここでボートに乗り換えてペリリュー島へ向かいます。1時間半くらいで着きます」

コロール島では見られないような美しい風景を見ながら二人でボートに乗っていった。

そしてペリリュー島へ到着した。

「まず、神社へ行きます」

「ええ？　神社？」

亜美はこの南のきれいな島で、なんでビーチじゃなくて神社なのよ……と思いながら、その想いを顔に出さないように頑張った。

ボートを降りてソフィアの後をついて歩いているうちに、母から聞いたことのある、身近な祖先でペリリューの戦いで戦死した人がいたという話を思い出した。

「あなたのお父さんとお母さんはかつてここへ旅行に来ました。そしてあなたのお母さんはこの地であなたの魂を宿したのです」

「ええ？　そうなのですか？」

「そうです。そしてあなたは記憶にはないかもしれないけど、まだ小さいときにお父さんとお母さんがあなたを連れてまたここを訪れました」

「そう、それは写真と映像が残っていたし、ゴーグル越しに見た魚たちの記憶があるわ」

「二回ともガイドをしたのは若かったときのわたしです」

「えーっ、そうだったの？」

「この島での日本とアメリカの戦いのことは？」

「うーん、そういうことがあったことは……それとなく」

ソフィアはこの地のことを語り始めた。

「1944年、1万人の日本兵がアメリカ兵5万人を迎え撃つことになり、米軍は2～3

日で決着がつくと見越していました。

満洲からこの地へやってきた日本の守備隊長の中川州男陸軍大佐は、米艦隊の艦砲射撃と圧倒的な物量の差の海兵隊と互角に戦うために、先に艦砲射撃をさせ、その間静かに身を潜めて待ち構えることにしたのです。そしてアメリカ海兵隊を上陸させて艦砲射撃ができない状況を作ってからゲリラ戦を展開しました。そして72日間必死に戦い抜きました。それでも、アメリカの圧倒的兵力の前にはどうにもならなかったのです」


〝諸国から訪れる旅人たちよ、この島を守るために日本軍人が、いかに勇敢な愛国心をもって戦い、そして玉砕したかを伝えられよ

米太平洋艦隊司令長官　C.W.ニミッツ〟

神社にはこう刻まれた碑があった。

「このメッセージのことはご存じでしたか？」

「いえ、知らなかったです」

「この地で玉砕した日本兵が最後に日本へ打電したのが〝サクラサクラ〟なんですよ」

「えー、そうなんだ、ソフィアのミドルネームはもしかして？」

「そうです。わたしのこどもたちもこのミドルネームを使っています」

「そうなの？　どうして？」

「日本への恩を忘れないためですよ」

「このニミッツというアメリカ司令官は、東郷平八郎という日本の連合艦隊の司令官を尊敬していました」

「東郷平八郎？」

「そう、日本がロシアと戦ったとき、１９０５年5月27日、日本海海戦で日本の連合艦隊がロシア艦隊に完勝したときの日本の艦隊を率いた名将です。あなたの両親の結婚記念日は5月27日でしょ」

「あー、確かに」

「若き日のニミッツ海軍少尉は日本に寄港したときに東郷平八郎に会い、大変感動したことを語っています。あのとき日本が立ち上がらなければ、世界のアジア・アフリカはいまだに白人の植民地だったのですよ」

「そうだったの？」

「日本は有色人種、ずっと虐げられてきた黒人、黄色人たちの希望の光だったの。２０１５

年に天皇皇后両陛下が英霊の慰霊に来られました。そこのペリリュー島南部にある〝西太平洋戦没者の碑〟には、目のモチーフがかたどられています。その方角に何があるのかご存じですか？」

「ううん」

「そうですか……まあ、今日はこれくらいで、ホテルへ帰って一緒にご飯を食べましょう。一人ゲストも呼んでいますから」

パラオには酋長の制度が残っていて、酋長者会議という集まりもあり、この地の伝統や文化を護り、また政府にも提言するシステムが残っているのだそうだ。

ソフィアと共に座って、何を注文するか話しているところに現れたのは、その酋長の一人だった。

「こんばんは、亜美さん」

現れたのは褐色の肌の老人だった。そして、その老人は座ったままの亜美に深々とお辞儀をしてから、握手の右手を差し出してきた。慌てて立ち上がった亜美。その老人の腕にはきれいな模様の青いタトゥーがあった。

「こちらが、この地の伝統や文化を伝え続ける魂の伝道者、コミネ酋長です」

「初めまして、日本人の名前みたいですね」

「パラオには多いですよ、日本の名前を持っている人が」

何が何だかよくわからない展開に戸惑いながらも、不思議と疑う気が起こらず、素直に全てを受け入れる自分を亜美は感じていた。

「わたしは、あなたのご両親にも会いました」

「ええ!!! そうなんですか？ それにしても日本語がお上手ですね」

「わたしたちの年齢までは多くの人が日本語を話せますよ」

「えー、そうなんですか！」

穏やかな笑みを浮かべながら酋長は続けた。

「あなたのご両親は、なかなか子宝に恵まれずにいて、お悩みだったのですよ」

「えっ、そうだったんですか？」

「はい。そこでお二人はどちらからともなく、戦争で亡くなった兵士たちの慰霊を始めようと思ったようです」

「そこでここパラオへ来られました」

「そうだったんですね」

「さあ、まずは乾杯しましょう」

コミネ酋長は穏やかな笑みと共にグラスを手にし、亜美とソフィアと共にグラスを合わせた。そしてパラオの海の幸を食べながら、亜美は酋長の話に耳を傾けた。

「太平洋を取り巻く地域に住んでいた人々のことをあなたはご存じかな？」

「えっ？　どこのこと？」

「たとえばエスキモーとかインディアン、ネイティブアメリカンとか？」

「ああ、はい」

「わたしたちもともと太平洋を取り巻く世界に生きた人間たちは、時代と距離を超えて魂の交流ができていたのだよ」

「ええ？　どういうことですか？」

「亜美、あなたはジョホールバルへ行ったことがあるだろう？」

「えっ、どこそれ？」

「シンガポールの向かい側だよ」

「あ、確かに」

こどものときに、それはサッカー日本代表がワールドカップのフランス大会への初出場をかけて、対イラン戦、アジア第三代表決定戦が行われた、シンガポールの対岸の場所だった。両親の手に引かれて日本サポーターとして応援に行った。

頬っぺたに日の丸をペイントして、よくわからないけどとにかく懸命に応援していたこと、Vゴール方式の延長戦で日本が劇的勝利を収めたこと、日本の応援団が大興奮だったことがわずかだが記憶にある。

「あのとき、あのスタジアムに日本国旗が翻って、あなたたちが日の丸の旗を振って、にっぽん、にっぽんと叫んでいたのを、覚えているかい？」

「うん、なんかすごかったことは覚えています。とにかく大騒ぎだった」

「あのとき、誰が一番喜んでいたと思う？」

「それは日本人、日本のサッカーファンでしょ!?」

「あはは、やっぱりそう思うかね」

「えっ、違うの？　だってその前にドーハの悲劇でワールドカップ初出場を逃して、悲願だったらしいから」

酋長は深いしわを作りながら微笑んで続けた。

「それはね、日本の英霊たちだよ。太平洋に散ったきみたちのわずか数世代前の英霊たち。あの魂たちがあの日はあのスタジアムに大集合していたんだ。わたしたちにはそれがよくわかった。亜美の頬っぺたの日の丸を、国旗を振って〝にっぽん、にっぽん〟と叫んでいる若者たちを見ながら日本兵の魂たちはみんなぼろぼろ涙を流していたんだよ」

そんなことが？　亜美は言葉が出なかった。

「日本の英霊たちはね、真実に向き合おうとしない日本の子孫たちを思い続けて、ずっと哀しみの涙を流し続けているんだ……。おそらく自分たちのことは知らないし、気付いてはくれないだろう、それでもいい。あの日、自分たちが命を懸けて護ろうとした日本のこどもたちの孫の孫の世代くらいの若者が、亜美のような小さな子がこの地に集まって日の丸を振ってくれている、それだけで号泣していたのさ」

亜美はさらに言葉が出なくなった。

「そんな日本兵たちの魂をそのお母さんたち、妻たち、恋人たちは今でも抱きしめ続けているんだよ。そしてその肩を叩いて〝良かったな、お前たち〟と慰めるイギリス兵、オランダ兵、そしてアメリカ兵の魂も集まっていたのさ。彼らも同じく英霊なんだ」

「ええ、戦った相手の？　そんなことが……」

「そう、彼らも戦争を憎む英霊。英霊とは戦争を憎む魂たちのことなのだよ。そもそも戦争というものは神々が意図するものではない。わたしはイランには悪かったけど、あの試合は日本が勝つことを確信していたよ、あのときばかりは英霊が日本に味方することを神々がお許ししてくれるだろうとね。まあ、スポーツで熱くなれるということは、それだけ平和だということだね、ははは」

亜美は胸が詰まった。

「わたしたちは、古い言い伝えを、物語をずっとこどもたちや孫たちへ伝え続けてきた。それはこれからもなんだ」

「ええ、そうなの？」

「そう、かつて、わたしたちの同胞とは手紙や電話、メール、リモートなどなくてもコミュニケーションがとれたのさ」

「ええ？　何、どういうことそれ？　同胞って何？」

「はは、まあ、ゆっくり話そう。亜美にはいろんなことを伝えておく。それがあなたのお父さんとお母さんとの約束だからね」

運ばれてきたマングローブの蟹と貝を食べながら酋長は続けた。

「日本がパラオを統治してくれたときのことは、わたしの曽祖父母、祖父母も父も母もいつも話してくれた。あの頃は幸せだったと」

と酋長は語り始めた。

「えー？　日本ではそんなこと誰も言ってないわ。とにかく日本は酷い国だった、悪いことをしたという印象しか持たされていない気がする」

「それが全てではない、このあたりは白人文明にずっと虐げられてきたのさ。ポルトガル、スペイン、オランダ、イギリス、フランス、ドイツ、日本、アメリカが太平洋を支配した」

「うーん、そうですか」

「白人たちは、女性たちをいつでも好きなときに犯していい、男性はいつでも殺していいという法律を作って、徹底的にわたしたちの誇りや伝統や文化、全てを破壊しつくした。全く無残なことだった。でも、日本だけは違った。学校を造り、橋を造り、病院まで造ってくれた……。白人たちは鉛筆の削り方すら教えてくれなかった」

「そうだったのね」

「わたしたちの身近な祖先たちはいつも言っていた。日本統治時代だけは幸せだった、日本の皆さんとやった運動会、パン食い競争は楽しかった、最高の思い出だったとね。

やがて日本がアメリカと戦争を始めた。このパラオにもアメリカ軍が迫ってくることになったとき、この島の祖先たちは、日本の皆さんと一緒に戦うと言ったのだ。ところが、日本の軍人さんたちは、わたしたちの祖先を島から追い出した。誇り高き大日本帝国軍人は貴様らのような人間とは一緒に戦うことなどできないと言ってね」

亜美はナイフとフォークを置いた。

「わたしたちの祖先を船に乗せて、船が浜から出ていきかけたとき、日本の軍人さんたちが全員浜辺に出てきた。そして敬礼して見送ってくれた」

「えー、何々？」

「全てはわたしたちの祖先を戦争に巻き込まないためだった。そのお陰で今のわたしたちの命があるんだ。アメリカ軍が1週間もいらないと予想したペリリュー島の戦闘で、日本は2か月以上持ちこたえて、全員命を落とした。そのときに日本に打電したメッセージが……」

「サクラサクラ!?　なんですね、それでソフィアの名前にはサクラが」

と亜美は答えた。

「そう、あのときの感謝をわたしたちは永遠に忘れることはないの。今日の橋のところでパラオの国旗見たでしょ？　青に黄色の丸。あれはね、日本は日の丸でしょ、世界を照らす太陽。だからパラオは夜の太平洋を照らす月になろうって。そしてね、丸を少しずらしてるのは日本への礼儀なのよ……今日話した西太平洋戦没者の碑の瞳はね、真っすぐ東京の九段、靖国神社を向いているの」

とソフィアも優しく語った。

「先月も日本の女性たちが旅行に来て案内したけど」

ソフィアの表情が変わった。

「日本がこの地でとんでもない軍政を敷いて、わたしたちの祖先を苦しめたと思っているのよ。お客様だから何も言わなかったけど、日本の教育はいったいどうなっているの？と思ったわ」

「でも、確かにアジア全域でとにかく悪いことをしたと伝えられている気がする」

「そう、残念ね。自分たちもあの時代そのものと日本の軍人たちの被害者だと思っているようなのよ」

ソフィアの言葉を聞いて、コミネ酋長がなんということだという表情で首を横に振りながら言った。

「それはね、白人文明に、強大な覇権国に支配されて酷い目に会った経験がないからだよ。

ここもね、日本の敗戦後、アメリカが徹底的に反日教育をした。日本の全てが悪だったとね。でもここパラオではそれは通じなかったのだ。なぜなら、どうせまた白人たちが嘘をついていることなどわかっていたのさ。彼らはまだわたしたちを人間とは思っていなかったのだからね。そのことを祖先たちがこどもたち孫たちにしっかり伝え続けてくれたからなのさ」

「そうだったのね」

亜美は聞き入った。

「それまでは、われわれは幸せに生きていた。大自然が神々そのものであり、笑顔の生活を送っていた。そこには愛と調和があった、慈しみと助け合いがあった、みんなが幸せだった。わたしたちも神々の一部だった。日本人も縄文と呼ばれた時代の人たちはそうだったはずだ。北米も、中南米もアジアもミクロネシアもみんなそうだったのだ。エスキモー、ネイティブアメリカン、マヤ、ペルー、インカ、マオリ、ワイタハ、アボリジニ、アミ……南北アメリカ、フィジー、ニューカレドニア、タヒチ、ニューギニア、ニュージーランド、オーストラリア、インドネシア、マレー、台湾、沖縄、日本、そして真ん中にハワイ、有史以前から太平洋をぐるっと取り巻く大地に生きていたわれわれはみな兄弟姉妹だったのだよ」

「えー!?」

「日本がマレー半島にやってきて、イギリスを追い払ったとき、〝シンガポールの陥落は、白人による長い植民地支配の終わりを意味する〟とシャルル・ド・ゴール自由フランス軍将軍、のちのフランス大統領はそう言ったんだよ……。

亜美はマレーシアを解放する作戦指揮を執った山下奉文陸軍中将のことは聞いたことがあるかい？」

「いいえ、全然……」

こうも知らないことが続くと開き直れる気がしてきた。

「では2・26事件は？」

「教えてください!!!」

「山下将軍はね、2・26事件の将校たちの行動は、戦争を回避してほしいという願いも込められてのことだったので、刑を軽くしてほしいと裕仁陛下にお願いをした方なんだ。

太平洋に来る前は中国大陸の関東防衛軍司令官（満洲に駐屯した日本の陸軍が関東軍と呼ばれていた。日本の関東地方とは無関係）だった。その後、マレー作戦を指揮、イギリスの拠点シンガポールを陥落させた。でもこの方は、野戦病院を慰問して降伏した敵側の連合国兵士も見舞って、敗者を尊重する武士道精神を示した立派な指揮官だった。彼こそは真のサムライだった。慰霊祭を行った際には、涙を流しながら弔辞を読んだそうだよ。やがて、フィリピンで敗戦を迎えることになって、マニラの法廷で裁かれることになったのだけど、数々の大虐殺をした戦争犯罪人として絞首刑にされてしまった」

「ええ、そうなの？」

「ああ、そうだよ。大虐殺と言っても山下将軍には身に覚えのないことでね。でも、裁判が進むにつれて山下将軍は周囲の人間の気持ちを変えさせていった。彼の軍人の誇りに満ちた態度にだんだんファンになってしまったんだ。アメリカ兵やジャーナリストたちは感動して、サインを求めて列を作った。そしてついにはアメリカ連邦最高裁に死刑差し止めを願い出た……」

「そんなこと聞いたこともなかった……」

「この司令官はね、絞首刑にされる前に教育の大切さを言い残している。

〝教育は、幼稚園或いは小学校入学を以て始まるものではありません。可愛い赤ちゃんに新しい生命が与えられるとき、胎児のときから始められねばならないと思います……この世界に母の愛に代わるものはないと思います……子供が大人になったとき、自分の命を大切にしながら、苦難を乗り越え、平和を大切にし、協調を愛し、人類に貢献するという尊い志を持った人間に育てていただきたい、これが皆さんの子供を護りきれなかった、その尊い命を奪ったわたしの最期の言葉です〟……と、敗戦後の未来の日本のため、女性たち母親たちへメッセージを残しているんだ」

「……」

沈黙するしかない亜美だった。

「これが戦争犯罪人とされた、あなたたちのわずか数世代前の日本の軍人の指揮官の言葉だよ……」

食事を終えて、コミネ酋長とソフィアと別れる際、

「この地に縁のある魂が、あなたのお父さんとお母さんを選んで生まれてきてくれますようにと、わたしは祈ったのだよ」

と、コミネ酋長は微笑みながら帰っていった。

その夜、亜美は父が死んだときのこと、その後に母と旅行したときのことを思い出した。

女子会

亜美の父が亡くなったのは、亜美が日本で働くようになって何年かが過ぎてからのことだった。早い死ではあったけど、幸せな人生と最期だっただろうと亜美は思っていた。

病室では静かに本を読んでいた父だった。若いときに読んだ小説を懐かしんで、読みたがった。ただ本人が持っている当時の本は字が小さくて読みづらいので、あれが読みたい、これを買ってきてくれとリクエストがあり、見舞いに行く度にそれを買って届けた。

電子書籍より、手に取ってページをめくるのが楽しいというので、本人の希望通りにした。夏目漱石、芥川龍之介、島崎藤村、三島由紀夫……ドストエフスキー、トルストイ、ソルジェニツイン、ヘミングウエイ……などなど。それと書籍ではないけど〝英霊の言の葉〟という戦死した兵士の残した手紙を好んで読んでいた。

「お父さん、やり残したことはある？　後悔していることは？」

雨音が聞こえる病室で聞いたことがあった。

「うーん、そうだなぁ……ある程度今世でやれることはやったとは思うけど、ないこともないよ」

「そうなんだ……教えてよ」

「うーん、あのときこうしていたら人生はどう変わっていただろう?とかね」

「へー、たとえば?」

「まあ、そうだなぁ……でもそれは大事に持っていって、来世でやることにするよ」

「そう……」

雨が止み始めて、窓からやわらかい日が射してきた。

「なあ、亜美、もしかすると、この先の人生でお前が精神世界の扉をノックする日が来るかもしれない、あるいは来ないかもしれない。でもその日のために現実をしっかり生きてほしい」

「うん」

「神々がお前の前世や過去世を通してメッセージを伝えてくることがあるかもしれない。そのとき、それをちゃんと受け止めることができるような人間であってほしい」

「ええ？　……難しそうだよ」

「ははは、そうだね、簡単ではないかもしれない。でもそのときのために感性を深く磨いて、真実を見極める瞳を持てるようになってほしい……それが父親としての願いだよ」

それが、父との最後の会話だった。

父の葬儀は身内と父を偲んでくれる親しい友人で行い、本人が望んだ通り遺骨は太平洋へ。

そして父の葬儀から2か月が過ぎた頃、亜美は母を誘って千葉県、御宿の温泉へ旅行に行った。『月の沙漠』の童謡で知られるこの地。二人でゆっくり温泉につかり、部屋で食事を楽しんだ。

「さぁ、今日はゆっくり飲もう、お母さん」

お疲れ様でしたとビールを注いだ。

「ああ、ありがとう」

「ようやく少し落ち着いたね？」

「そうね」

久しぶりの温泉は、お互いの人生のいろいろなものを優しく流してくれた。亜美は流しついでに母に聞いてみた。

「お母さんは幸せだった？」

「ええ？　そうねえ、まあ、お父さんはわたしたちのことを大切にしてくれたわ」

「わたしは花嫁姿を見せることができなかったけど、ま、いいか?!」

「まあ、焦らない焦らない、お父さんが応援してくれるわよ」

「お父さんとお母さんにはいろいろなところへ連れていってもらって、楽しかったー」

「覚えてないだろうけど、あなたは0歳でハワイへ行ったのよ、ベビーカー持ってね」

「ああ、映像残ってたもんね。旅行は太平洋の島が圧倒的に多かったね」

「そうね、ビーチでのんびりという方が好きだったからね」

「そうなんだ」

「お父さんにも飲ませてあげようか？」

そう言いながら父の写真をテーブルに置いた。

「せっかく海の幸が出てくるんだから日本酒飲んじゃおうか？」

と母が嬉しそうに言った。

「そうね、お父さんも飲みたいでしょ」

「ねえねえ、お母さんはお父さんとどうして結婚したの？」

「どうしてかしらねぇ……まあお互い気が付いたら一緒でしたねって感じよ」

「へえ、そうなんだ。プロポーズはどんなだったの？」

「温泉の旅館で……お父さんは照れ屋でね、俺と所帯持つか？って」

「なんだそれ？」

「でしょ、まったく笑っちゃうわよ。後でわかったんだけど、どうも『男はつらいよ』っていう映画の主役の寅さんのセリフを真似したみたいよ」

「あはは、爆笑。……ねえねえ、ところでお母さんは結婚する前に他に付き合った人とか、結婚の手前まで行った人はいたの？」

「まあ、ないこともなかったわよ、それなりにね」

「えー、教えてよ、お父さんにも聞かせちゃおうよ」


母の恋物語は、それはそれはなかなかのアドベンチャーだった。

当時、アメリカと香港資本の会社の東京支店に勤めていた母。ハワイで会議があり、そこに参加した際に、台湾生まれ、ハワイ育ちでシアトル在住のアメリカ人と出会った。

その彼はケルトとネイティブアメリカンの血も混じったアメリカ人であったと。

その後、東京のオフィスにも何度も来て、その度にデートをして、ついに、

「シアトルへ来てくれ、結婚しよう」

と言われたらしい。

ほとんどそのつもりになったのだけど、残念ながらそうならなかった。いろんな理由があったけど、日本を離れる気になれなかったのだそうだ……その勇気がなかったと。

結局太平洋を隔てた恋愛は実らず、ジ・エンド。

でも本音を言うと、いまだにその人が好きで、お父さんは2番目だったそう。学生時代を含めると5番目あたりまで後退するらしい。

「きゃはは、お父さん降格だな。ねえ、イケメン？　どんな人だったの？」

「まあね、格好良かったね。顔は暑苦しいほど濃かったけど、ははは」

「ほー、それでそれで？」

「英語、スペイン語と中国語もできてね……頭の良い人だったかな、まあそんなところに惹かれちゃったのかもね」

「それは逃した魚は大きかったね」

「でもね、結婚してもうまくいかなかったような気がしたの。文化や国籍を乗り越えるって大変なのよ……同じ日本人同士だって大変なのに」

「なるほど」

「海外の友人と個人同士は仲良くなれる、でも真に理解し合うことは簡単ではないの。それに気付くこと、相互に理解しあうことは不可能に近いことに気付くことが国際交流なのよ」

「世界の距離がどんどん縮まってきているような時代なのに？」

「それは事実であり幻想でもあるの、世界はそう単純でもないのよ。個人が家、組織、社会、国家と大きくなってくると、どうしても違う歯車が回り始めちゃうことがあるのが国際社会、人類の歴史なの。グローバルな世界で活躍できるのは一握りの人たち、そういう魂の役割を持って生まれた人なの。多くの人たちにとっての幸せはもっと身近なところにあることが多いのよ」

「えー？　うーん、でも確かに、そうかもね」

「まだ人類はそんなに賢くなってないとわたしは思う。文明は突如として衝突もするのよ……。世界は無理に一つにならず、それぞれ尊重し合って棲み分けた方が平和だと思うわ」

「なるほどね……お父さんはどう考えてたんだろう？」

「うーん、そうね、どうだったんだろう」

日本酒を一口飲んでから母が改まった表情になった。

「実はね、あなたにはお兄ちゃんがいたのよ」

「えっー、そうなの？」

「そう、多分お兄ちゃんだと思う、と言うか、いたはずだった。残念ながら流産しちゃったの」

「えー……」

「わたしも悲しかったけど、お父さんもかなり悲しんでね……男の子が欲しかったみたい。自分の全てを伝えたいと思っていたんだと思う。妊娠がわかったときにこども用のグローブを買ってきてね、いずれキャッチボールするんだって……男の子か女の子かまだわかってないのに……まったく」

「あはは、そうだったんだ。でもわたしに兄がいたなんて……」

そのときに、父が母を気遣ってヒプノセラピーを勧めてくれたそうだ。前世療法や年齢退行療法などで知られる心理療法だが、悲嘆療法という死んだ魂との対話を試みる療法があるそうで、母はそれを受けた。

「そうかぁ、お父さん、ナイスなサポートじゃん」

「自分で区切りをつけた方がいいからと言ってね」

「それはどんなだったの？」

「不思議な驚きの感覚だったわ……」

「へえ、すごそー！　教えて」

「セッションというんだけどね、ヒプノセラピストがわたしを深い深い潜在意識へと導いてくれるのよ、それは言葉では説明ができないけどね。

でもその後はすごかったわ、深い潜在意識が会いたい魂に会える状況が徐々に整ってくるのよ。わたしの潜在意識が何とも言えない空間の中へリードされるの。そしたらその魂が現れてくれるって感じで」

「それでそれで？」

「そしたらね、わたしのお父さんとお母さん、あなたのおじいちゃんとおばあちゃんが出てきたのよ！」

「えー！　おじいちゃんとおばあちゃんが？　どんな格好で？」

「それが若いのよ、もうびっくり。そしてね、ベビーカーを押しながら坂を下りてくるように現れたのよ！」

「えっ、もしかして⁈」

「そうなの、そのベビーカーにはわたしのお腹にいた赤ちゃんが乗っていたのよ、もう涙が溢れて溢れて」

「うわー、わたしも泣けてくる」

亜美の瞳から涙がこぼれた。

「そうしたらね、おばあちゃんがね、その赤ちゃんをベビーカーから抱き上げて、『あなたのこどもをこっちで育てられるなんて最高に幸せよ。この子はわたしたちがしっかり面倒見るから、あなたは何も心配しないで』って」

「もー、おばあちゃん最高！　……おじいちゃんは？」

「『よく今まで頑張って生きてきたね。この子とはわたしがキャッチボールするから』と言ってくれたのよ」

亜美は母と二人で喜びと悲しみの混じった涙を流しながら日本酒を飲んだ。それは改めて母との深い絆を感じる幸せの涙だった。

「じゃ、そのお兄ちゃんにもお酒を飲ませてあげよう！」

お猪口をもう一つ用意して日本酒を注いだ。

「それがね、その後にも何度かヒプノセラピーを受けたのよ。そしたらその子はちゃんと成長していたんだけど、その2年後くらいには、ぱたりと出てきてくれなくなっちゃったのよ」

「えー、どうしてなんだろうね？」

「そしたら、その1年後にあなたが生まれてきてくれたの」

「もしかして、わたしは同じ魂ってこと？」

「そうね、あなただったのね」

「へえー、どういうことなんだろうね」

「またわたしたちを選んできてくれたんだねってお父さんと話したわ」

「そういうことか」

「でもお父さんはこんなことも言っていたの。『自分たちのこどもを自分たちは護りませんっていう国なのだから、こどもたちだって生まれたくないのも当たり前だよなぁ』って」

「ええ？　どういうこと？」

「胎内記憶って聞いたことある？」

「ううん、何、赤ちゃんのときの記憶ってこと？」

「そう、その研究が進んでいてね、胎児のときの記憶を持っているこどもが結構いるらしいんだけど、〝魂は生まれる時代、国、親を選んでくる〟って言われているのよ。そうするとお父さんが言っていたことも一理あるなあって思うこともある」

運ばれてきた房総の海の幸はどれもこれも美味しかった。お酒も進み、母と子の大宴会はさらに盛り上がりどこにでもある女子会のようになっていった。

「ねえ、ねえ、お母さん、ところでお父さんはどうだったんだろうね？」

「ええ、何が？」

「お父さんは浮いた話なんかあったの？」

「ちょっと怪しいときがあったわ」

と母は笑いながら呟いた。

「へー、お父さんが？　どんな感じだったの？」

亜美も面白がりながら続いた。

「なんかね、どこか変な感じでね。荷物持って出ていっちゃうような雰囲気があったことがあったのよ、なんか帰ってこないような」

「おお？　お父さんどうしたのかな？」

お酒も進み、母とさらに盛り上がった。

「まったくね、あんまりしゃべらない人だからねー。でもあのときはおかしかった」

「へー、それでどうしたの？」

「嵐到来!!!」

「えー何、お母さんが嵐のように怒ったの？」

「いやいや、そうじゃなくて本物の台風が来たの、それも史上最強と言われた」

「へー、それでそれで」

「身動き取れなくなって、今世の運命を悟ったんじゃないの？」

笑いながら話す母。

「ははは、お父さんもそれまでだな！」

お酒も回り、明るく話す母はさらに続けた。

「でもお父さんいいところがあってね、保険をちゃんとしてくれていた。わたしが困らないように！」

「おー、それはエライお父さん！　ははは！　女子は強いのだよ、お父さん」

酔っぱらった二人の女子会は大いに盛り上がった。これが何より父への供養だった。

「そうそう、お父さんがあなたに何か文書を残していたから、後で見といて」

「え、そうなの？　何だろう？　お母さんは見てないの？」

「うん、『これは亜美に見せてくれ』って言っていたし、多分お父さんのことじゃないの？　わたしは後であなたから聞けばいいわ」

窓からは、暮れてゆく景色が広がっていた。太平洋の波は穏やかな音色を、海は優しいブルーの微笑を親子に届けてくれていた。

マヤ

亜美へ――

伝えておきたいことがあり、こうして残しておきました。これを読む頃はもういろいろなことが落ち着いていることと思います。

わたしは違う世界から亜美を見守っていきます。

わたしが生きている間に、今世の使命はある程度は果たせたような気がしているので、すぐに生まれ変わることはないような気がしています。

今しばらくはこっちの世界を楽しんでゆっくりさせてもらいます。

伝えておきたいことというのは、わたしが感じたある独特の感覚、郷愁……ノスタルジーというか、何とも言えない不思議な、表現できない感覚に包まれたときのこと、そしてそこで出会った人たちのことです。

それはまだ小学生だった頃、初めて広島を訪れたときでした。知っての通り、第二次大戦末期に原爆が投下された場所。人口35万人の広島市に1945年8月6日の朝、狂気の兵器が炸裂しました。投下直後から半年の間に17万人もの人が亡くなりました。

ほとんどの成人男子は戦場へ行っていたし、犠牲者は高齢者と婦女子、何の罪もない赤ちゃんです。その3日後には長崎にも投下されました。

とても天気の良い日でした、平和記念公園でのことを鮮明に覚えています。まるで足がすくむようになり、身動きがとれなくなってしまった。そしてなぜか懐かしさを感じました。

「ここはお前にとって大切な場所の一つなのだよ」

という声が聞こえた気がしたのです。そしてこう思いました。

〝いつかこの地で暮らしてみたい、そしてこのあたりの学校で、勉強してみたい〟と。

わたしは、20代のときに台湾を訪れたことがありました。業界のある交流事業の一環で、50か国近くからの代表たちとの交流もでき楽しい時間を過ごしました。日本統治時代の名残も知ることができたし、貴重な思い出になりました。

グループに分かれての議論のときに、わたしは中南米の方々と一緒になったのです。その際、グアテマラからの参加者たちと親しくなりました。

正直なところ、それまでほとんど知らない国だったのですが、なぜかわたしたち日本人と何か通じるものがあるような感覚を持ちました。彼らもそう感じていたようでした。


その最終日に、グアテマラからの参加者の一人、ビクトルと一緒にビールを飲みながら、いろいろな話をしました。

「きみたちはよくハグをするね?」

「ラテンの血を引く人たちにはそれは文化だね。でも特に俺たちはセンチメンタリストなのかもしれない……」

と彼は微笑みながら言いました。

「センチメンタリスト?」

なんだ?　それはどういうことだ?と思いながら、

「それはどうしてだい?」

と聞き返すと、ビクトルはビールを飲み干して静かに語り始めました。

それは、彼らの過酷で複雑すぎるアイデンティティの問題でもあったのです。

キリスト教伝来以前の悠久の歴史を持つマヤ文明の血を引く彼ら。それは、神々と人間が一体として生きる平和で調和のとれた文明社会でした。

それが、白人文明の勃興により、スペインに征服占領されてしまいました。

スペイン人たちはキリスト教という一神教の教えを背景に近づき、そしてその後に圧倒的な軍事力で征服にやってきました。

善良なマヤの人たちはただただ運命に飲み込まれる以外に道がなく、男性は虫けらのように殺され、女性は手当たり次第に犯され、そして奴隷とされてしまいました。

現在のグアテマラの人々はその混血の子孫であり、わずかながらマヤの末裔としてのＤＮＡも残されています。

やがてかつての言葉を失いスペイン語が母国語になり、カトリック教徒が半数、プロテスタントが40パーセントとキリスト教徒が圧倒的マジョリティーとなり、かつてのマヤ文明の伝統や誇りは奪われ、その後は革命と内戦の時代が長く続きました。

ようやく共和国として独立できたのは１９５０年代。しかし今度はスペインに代わりアメリカという覇権国の干渉を受けることになります。

「どうして俺たちが日本人に親しみを覚えるかわかるかい？」

「いや、それはどうしてなんだ？」

「きみたちは希望の光だったから、きみたちは命を懸けて戦っていたからなんだよ」

「なんだ、それは？　第二次大戦？　日本とグアテマラ？　全然関係ないだろ？」

「あはは、そう思うか？　そうそう、昼間ね、台湾の先住民の博物館に行ったんだよ。驚いたんだけど、ぼくらの祖先、マヤにそっくりな気がしたよ、衣装とか生活様式とか顔とか」

「へー、本当に？　そうなんだ」


大抵たくさんの国と人が集まる国際交流などはその場限りで終わることが多いのですが、不思議と彼らとの親交は続いていきました。

そしてその出会いから7年後、わたしはビクトルの結婚式に招かれ、一人グアテマラへ向かいました。

ビクトルから〝結婚することになった、来てくれないか？〟という手紙が来たときは、はるか地球の裏側のことなので、〝ええ、まさか〟とも思ったのですが、せっかくのお誘いだし、こんなことでもなければ行くこともないだろうと休みを取って行くことにしたのです。

ロサンゼルスで乗り換えてから約7時間、日本から中南米への旅は決して楽ではありませんでした。

中南米にある地震の多い小国として現在を生きるグアテマラは、メキシコ、ベリーズ、ホンジュラス、エルサルバドル、そして太平洋とカリブの海に囲まれています。

グアテマラシティの空港に迎えに来てくれたビクトルとその婚約者は、美男美女でした。

この日もビクトルとその婚約者は両手を広げてハグで迎えてくれました。

「モニカです！」

長いブラウンの髪と、表現できない色のきれいな瞳で笑う婚約者は、女優さんのような美しい人でした。

近代化する街並みとスペイン統治時代の名残を遺す風景を眺めながらビクトルの日本車で走る。助手席のモニカは親切にいろいろと話しかけてくれ、町の様子を説明してくれました。走る車から外を見ていると、日本ではあまり見かけなくなった車がよく走っていたので、まるで10年前に戻ったような感覚になりました。

宿泊するホテルにチェックインして荷物を置いたときはもう夕方、その夜はビクトルの家で食事をすることになりました。

美味しいビールとワイン、そしてチーズ、ペピアンという鶏肉を使ったカレーのような料理に舌鼓を打ちました。

翌日の結婚式はカトリックの教会、その後のパーティーでは新郎新婦の近くの席に座りました。日本人、東洋人はわたし一人、両家の親族はもちろん、珍しいオリエンタルの男に新郎新婦の友人たちが次から次へと話しかけてくれました。

結婚パーティーでの楽しい時間を過ごした夜は、楽しさと長旅の疲れがわたしを深い深い眠りへと導いてくれました。

「なぜここへ来たのか、わかるかい？」

「えっ？　あなたは誰ですか？」

マスター？　ガイド？　ハイヤーセルフ？のような感じの男性が語りかけてきたのです。神話に出てくるような姿形の父性に溢れる瞳でした。賢人の佇まいを持つその魂の顔、瞳に吸い込まれると映像が始まりました。

スペインに侵略され、家族を守ろうと抵抗する男たちが次々と倒れていく……と思っていたら、さらに時代は遡っていきました。遡ったと思ったのだけど、なぜか近代的な感じの様子でした。同じように家族を守ろうとしている戦士たちがいて……妻やこどもを船に乗せて、懸命に時間を稼いでいる。身を挺して食い止めようとしていました。やがてその陸地そのものが沈んでいきました。滅びゆく文明……そこで目が覚めたのです。不思議な夢でした。

翌日、ビクトルとモニカと車の中で、その夢の話をしました。

「へー、それはマヤの神々の声かもね。グアテマラはマヤの中心だったのよ」

とモニカが楽しそうに笑っていました。ビクトルの運転する車はティカル遺跡へ向かっていました。

これがマヤ文明の遺跡か……？　ティカル遺跡はマヤ最大の神殿都市で、6万人以上の人々が暮らしていたとされています。

自然の中にある、石でできた巨大な城、水路……この中でマヤの人々はどんな暮らしをしていたのだろうか？と想いを馳せました。

資料館のようなところへ案内されて、そこにはいろいろな遺跡や出土品などが展示されていて、土器のようなものもあり、模様がどこか見覚えがあるような気がしてなりませんでした。それは何かの写真で見た縄文土器によく似ているような気がしました。

当時の人々を描いた映像があったのですが、アジア人というか、われわれ日本人と似ているような気がしてなりませんでした。そして、顔や腕、上半身……青いタトゥーがありました。

その夜はビクトルの友人たちとパーティー。ビクトルとモニカはわたしが帰国してから新婚旅行へ出かけることになっていました。みんなでお酒を飲みながら、ビクトルがラテンアメリカ文学の話をしてくれました。

ノーベル文学賞を受賞したミゲル・アンヘル・アストゥリアスという作家がいます。マヤの血を引きインディオを親に持つ彼は、幼少期からマヤの神話や伝説などを聞いて生きてきました。

独裁下の圧政から逃れ、パリへ留学。その後はアメリカ資本に搾取される祖国を憂う文学作品を残しました。

「なるほど、なんか日本に似ているところがあるね。日本にもたくさんの神話が残されているし、そしてアメリカの影響下にあるし」

苦笑いしながらわたしは話しました。

「おー、そうだろ、いいところに気が付いたね。それにここは地震も多いんだ」

「確かに、そうだね」

「ぼくが日本に感謝しているって言ったことを覚えているかい？」

「ああ、確かに……そんなこと言っていたね」

そう答えたあたりから急に頭が痛くなったのです。

「どうした、大丈夫か？」

「いや、うん、だめだ、おかしい」

「うわっ、すごい熱」

とモニカが慌てて言ったことまでは覚えていました。

その夜から15時間くらいそのまま眠ったままだったらしく、熱は38度を超えていたそうです。熱を出し切った後はすっきりと目が覚めました、原因はよくわかりませんでした。

帰りの空港で、別れ際にビクトルからグアテマラの伝説集を渡されました。

「ありがとう、これがマヤの末裔たちの教え？」

「ああ、そうだ、スペイン語だけど、ここへ来た記念に」

「スペイン語は読めないけど、いつか誰かに教えてもらうよ」

「実は、この本にはないマヤの言い伝えがあるんだ」

「え、それは何？」

「神々が大地を揺らし、海を暴君に変え、人々が消えていく。やがて誇りを取り戻した東洋のこどもたちが新たな調和の世界を創る……みたいな、そんな意味だよ」

「んー、なんだぁ？　どういう意味だ？」

「日本のことじゃないかと思っているんだけど」

「うーん、そうかぁ？」

ビクトルがトランクを車から降ろしてくれた後、ビクトルとモニカとハグをして別れました。

ここから中型機に乗ってまずはロサンゼルスへ、そこから成田行へ乗り換えです。

グアテマラの空港内のバーでビールを飲んでいると、スクリーンにはサッカーが中継されていて、大歓声が上がっていました。

ワールドカップ予選をやっていて、コスタリカと対戦していたグアテマラがチャンスを迎えていたところで、大喜びしているグアテマラサポーターたち。中南米だし、やっぱりここもサッカーが好きな国なんだなあと思いながらその様子を見ていました。

帰国してからたびたび思うことがあります、あの高熱はいったい何だったのだろうか？マヤの神々が何かを伝えようとしてくれたのだろうか？と。

わたしは毎年3月10日には、両国にある東京都慰霊堂に行くことにしていました。東京大空襲で10万人の人々が焼き尽くされたその日、慰霊のために手を合わせにいくことに決めていたのです。Ｂ29は長い間燃え続けるナパーム弾を下町の40平方キロメートルの周囲に投下し、火の壁で住民が逃げられないようにしてから、その内側に焼夷弾を投下しました。犠牲者のほとんどは高齢者と婦女子、赤ちゃん。罹災者は１００万人を超え、当時は東京大焼殺と報道されました。

このときの様子を後世に残さなければと写真に収めた方がいたのです。元陸軍歩兵第80連隊にいて、後に警察官となった石川光陽さんという方です。戦後ＧＨＱは血眼になってその証拠写真や資料を集め隠そうとしたのですが、このことを何としても後世に伝えるんだというその方の勇気によって、この慰霊堂のパネルに黒焦げにされた遺体の写真が残されています。

焼夷弾は、ハワイの日系移民たちにアメリカ本土で日本家屋を作らせ、いかに効率よく日本の都市を破壊し日本人を焼き殺すかを研究した末にできた兵器です。

東日本大震災が起きたのは、ビクトルが別れ際にマヤの言い伝えを教えてくれてから7年後、東京都慰霊堂で手を合わせた次の日のことでした。

カルマで結ばれた男女

亜美へ——

タイでのことです。商社で働いていたわたしは、いろいろな国を訪れる機会がありました。まだ、メールもリモートワークもない時代でした。

いったん香港に行き、そこからあちこちへ行くことが多々ありました。

初めてタイに出張してから、香港で乗り換えて成田へ向かう機内でのことです。

機内で気分が悪くなり、吐き気がしてトイレへ急いだ後、落ち着いてから席に戻ると、察したCAさんが水とおしぼりを持ってきてくれました。

「大丈夫ですか？」

と日本語で声をかけてくれたその人は、顔立ちは東洋人ではなかったのですが、日本語ができる方と知ってほっとしました。

「ありがとうございます、暑かったし、疲れたのだと思います」

ぐったりして目を閉じました。

30分くらいして寒気がしてきたので、毛布を頼もうとCAさんを呼ぶと、さきほどの日本語ができる方がきてくれました。

「席を移りましょう」

「えっ？」

「空いておりますので、トイレの近くがいいでしょう。動けますか？」

「は、はい」

前後に誰もいない席に移ると、

「お顔に変化が……トイレでお身体をご覧になってみてください。動けますか？」

と言われてトイレに行って鏡を見たら、顔に発疹ができていて、腕をまくったら腕も、シャツを上げたらおなかにもできていました。

席に戻ると、またさっきのCAさんが来てくれました。

「熱を測ってください。成田からすぐに病院へ行った方がいいでしょう、連絡しておきます。大丈夫、あと1時間くらいで着きますから」

熱は39度台でした。さすがに恐怖を感じましたが、このCAさんの落ち着いた対応に救われました。

当然ながら、成田の検疫で簡単なチェックがあり、すぐに近くの病院に向かいました。それが2~3日で熱は下がり、発疹も引いたのです。おそらくバンコクでの食事か水ではないか?と言われましたが、原因はよくわからないまま仕事に復帰しました。


その半年後にまた仕事でバンコクを訪れました。

いくつかの商談が終わってから、ビジネスパートナーの会社のハリムさんとリンコムットさんという男女が食事に誘ってくれました。

市内のホテルから、お世辞にもきれいとは言えない土色の川を渡りました。渡った先のホテルでタイ料理を味わいました。

「まずはタイのビールで乾杯しましょうか?」

とハリムさん。

「そうですね、この暑さはビールが美味しい気がします」

「何か苦手なものありますか? タイ料理はくせがありますから」

とリンコムットさん。

「いえいえ、大丈夫ですよ。むしろいろいろとトライしてみたいです」

野菜も海老もカレーも、独特の酸味と臭みがあるものが続いたものの、好き嫌いのないわたしは楽しめました。

いつの間にかすごい雨が降り出し、土色の川には大量の雨粒が叩きつけられました。壮大な自然のオーケストラのような響きでした。

「ところで、トムヤンティという女流作家が書いた『メナムの残照』、タイでは『クーカム』という小説があるのをご存じですか？」

とリンコムットさんに聞かれました。

「いえ、小説ですか？」

わたしにはそれは初めて聞いた名前でした。

「これはタイの人みんなが知っている、第二次大戦中の日本軍人とタイ女性の切ないラブストーリーなんですよ。何度も映画化、ドラマ化されているんです。この放送があるとね、バンコク名物の渋滞がなくなっちゃうんですよ。全バンコク市民がテレビの前に座っちゃうからなんです」

「えー、そうなんですか！　それは知らなかった」

「是非日本に戻られてから見てください」

「はい、探してみます」

「クーカムとはカルマによって結びついた男女を指します。それはまるで、日本とタイそのものです。満洲国を最初に承認したのはタイなんですよ」

「そうだったんですか？」

「新宿中村屋に匿われていたラス・ビハリ・ボースの〝自由インド独立連盟〟もアウンサンの〝ビルマ独立義勇軍〟もここバンコクで産声を上げ盛り上がったんです。それは当時のタイと日本がアジア解放独立運動を支援したからなんです。

アウンサンはビルマ建国の父として尊敬され、ミャンマー民主化運動を指導しました。あのアウンサン・スーチー女史のお父さんです。日本を訪れた際に、日本の財閥のお嬢さんに一目ぼれしたそうですよ！　熱烈なラブレターを送ったんですって」

さらにハリムさんは続けてくれました。

「それにしても不思議なのは、１９６３年にタイのプミポン国王と妃殿下が訪日した際、天皇陛下に拝謁し日タイ友好を深めた際に、靖国神社参拝を希望されたのに、どういうわけか日本側から断られたそうなんですよ」

とハリムさんが残念そうに語った。

「イギリスのエリザベス女王陛下も訪日時に靖国神社参拝を希望されたのに、断られたと聞いたわ。もう何十年も経っているのに」

と訝し気にリンコムットさんも話す。

わたしは返す言葉がありませんでした。

「タイの元首相のククリット・プラモード氏の記事を持ってきたんです。これを差し上げますので、読んでください」


それは「12月8日」という題名でした。

〝日本のおかげでアジア諸国はすべて独立した。日本というお母さんは、難産して母体をそこなったが、生まれたこどもたちはすくすくと育っている。今日、東南アジアの諸国民が、米・英と対等に話ができるのはいったい誰のおかげであるのか。それは身を殺して仁をなした日本というお母さんがあったからである。12月8日は、われわれにこの重大な思想を示してくれたお母さんが一身を賭して重大な決意をされた日である。われわれはこの日を忘れてはならない〟


「わたしたち来年結婚するんです。最初のデートは『メナムの残照』の映画だったんですよ」

嬉しそうにリンコムットさんが話してくれました。

「そうですか！　じゃお祝いにもう少し飲みましょう、シャンパンでも……」

「いやいや、もしよろしければ、せっかくだから、日本酒でお願いできませんか？」

とハリムさん。日本とタイの深い縁を感じながらその夜は眠りにつきました。


翌日また同じく香港で乗り換え、日本へ向かったのですが、

「あら、またお会いできましたね」

と声をかけられました。前回の出張でも救ってくれたCAの方でした。胸のネームタグにNARAと書かれていました。

「ああ、あのときはお世話になりました。本当に助かりました」

「ご無事でしたか？」

と笑顔で応えてくれました。

ところが、離陸して1時間くらい過ぎたころ、また身体に異変を感じたのです。嫌な予感がして、また水とおしぼりを自分から頼みました。何か喉から下へ続く消化管がおかしい気がしてきました。また発疹が出始め、またもやNARAさんが助けてくれました。

とにかく早く到着するのを待つしかないわたしだったのですが、このときにどんどん上がってくる熱を感じながら、いったいこの熱は何だろう？　マヤの遺跡を訪れたときのことに似ているような気がしてきたときに、ハリムさんとリンコムットさんがわたしに語ってくれたあることを思い出しました。

「バンコクは、アメリカとイギリスによって大空襲を受けた場所です。1941年日米開戦の後、最初のバンコク空襲は1942年1月。しかしこれはタイがアメリカにもイギリスにも宣戦布告などしてもいないときだったのです。日本の敗戦が濃厚になると、その空襲は苛烈さを増しました。1944年から1年間でタイ全土で250回の空襲があり、たくさんの市民が犠牲となりました、その中にはわたしたちの親族も……」

熱が続いた機内でNARAさんが気遣ってくれました。

「とにかくお大事にしてくださいね、詳しい検査をされた方がいいでしょうね」

「はい、ありがとうございます……。NARAさんはご両親どちらかが……？」

「わたしはクォーターです。祖父は日本人、祖母はイギリス人です」

どうりで……。

そしてわたしはまたしても成田近くの病院へ直行することになりました。しかし今回もまた、2～3日入院して点滴を受けて自然に発疹は引いていきました。


以前メナム川と呼ばれたチャオプラヤー川は、タイ北部を水源としてバンコクを通り、タイランド湾へ流れ込むタイの生活に欠かせない川。3回目に行ったときには、バンコクに着いてからすぐに花を買って、戦争犠牲者の慰霊碑を回りました。最後にバンコク市内のチャオプラヤー川に祈りを込めてその花を放しました。それ以来、バンコク出張の帰りに発熱と発疹はなくなりました。

かつてバンコクはB29の初の実戦地、後の日本への空襲や原爆投下の実戦練習場でした。このことに気付いてくれというメッセージだったのだと思います。

美しい島と素敵な人たち

亜美へ――

これはわたしの友人から受け取った、その方の祖父の手記です。

一緒に飲んでいたときに、この友人の祖父が軍人だったことを話してくれたことがありました。わたしは、何か残してくれているものがあるような気がして、

「何かあるんじゃないか？」

と聞いたところ、手記が残されていたことがわかり、わたしが是非読んでみたいと言ったことから、この手記のコピーが手元に来ることになったのです。

〝1944年、わたしは満洲の関東軍、歩兵第36連隊にいた。原隊は福井県の鯖江で、その出身者が多く、他県からも若者が所属していた。わたしは生まれ育った岩手から進学と同時に一人上京、その後、初年兵として東京の麻布3連隊に入隊した。そこに36連隊の

将校たちが迎えに来て、満洲へ渡った。わたしがいた兵舎は、新京という満洲国の首都にあり、大都会だった。そこからハルピンに移り、そしてさらに寒いチチハルへ移った。

「諸君は、明日陸路で移動。出発は早朝4時だ。以上」

わたしは驚いたと共に嫌な予感がした。満洲だったら平和だったのに、どこへ向かうのだろう。ソ連国境なのか？　大陸内部か？　それとも南方なのだろうか？　部隊のみんなが自分の運命はどうなるのか？と思いを巡らせ、自然と口数が減った。

完全武装して、チチハルから満鉄の貨物列車に乗せられた。長い列車で満洲の広く平坦な大地を走り抜け、向かったのは朝鮮半島だった。南端の釜山の港に着き、大型の輸送船に乗り換え、日本海の荒波に飲み込まれた。数時間で陸地が見えてきた。それは祖国日本だった。山口県と福岡県の狭間、門司を抜け瀬戸内海へ。

「にっぽんだ！　にっぽんだぞ！」

われわれは大歓声を上げた。

わたしは一瞬感じた予感が杞憂だったと胸をなでおろした。

着いたのは広島の呉の軍港だった。そこで部隊は違う輸送船に乗り換えを命ぜられた。

わたしたちが日本の地を歩いたのは乗り換えのわずか数分だった。

乗り換えた船の中で、故郷が同じ岩手一関の友人、佐川と会った。それは言葉に表せないほどに嬉しい出会いだった。

やがて船が出航し、進む船の横に停泊していた船団が見えた。それは連合艦隊だった。日本海軍が世界に誇った大和、武蔵もあった。

連合艦隊の護衛の中、満洲という極寒の地を出てからわずか4、5日。着いたのは暖かい穏やかな南の島、日本の沖縄だった。船をおりて首里に向かって歩いていたときは、沖縄の皆さんから日の丸を振られ、大歓迎をされた。島の誰しもが、

「兵隊さん、頑張って！」

と叫んでくれていた。

部隊の全員が嬉しくて涙を流した。そして、首里の女学生たちが笑顔で部隊の世話をしてくれた。

軍人優先で食事を用意してくれたこの島の人たち、それを運んでくれたこの乙女たちの笑顔と食事の味を、わたしは生涯忘れることはなかった。

「こんな素敵な人たち、こんな美しい島を護るためなら、喜んで命を懸けよう」

戦友、佐川とそう言い合った。もちろん部隊の全員がそう思ったし、みんなで互いにそう誓い合った。

石垣島から飛び立った沖縄出身の隊長率いる日の丸航空隊が、迫るアメリカを迎え撃つ沖縄戦の口火を切った。沖縄とその諸島から飛び立った航空機、九州の鹿屋や知覧から飛び立った特攻隊……一人乗り潜航艇の回天、沖縄を護るためにたくさんの魂がこの島の周りの美しい海に散っていった。

戦艦大和も、この島に乗り上げてでも沖縄を死守せよという命を受け、艦隊特攻をしかけた。船には沖縄の人々へ届ける食料、衣料、医薬品、女性たちへの生理用品などをたくさん載せて、それらは絶対に手を付けずに、必ず沖縄の人たちへ渡すんだと厳命されていたそうだ。

やがて洋上に浮かぶアメリカの大艦隊からの艦砲射撃が始まり、米軍は北側から上陸作戦をしかけてきた。

徐々に劣勢に追い込まれたわれわれは逃げ回りながらゲリラ戦をするしかなかった。われわれは死に物狂いだったし、アメリカ兵もそうだったはずだ。

しかし、圧倒的物量の前に勝負は決していった。われわれは気が狂いそうになりながら弾を撃ち銃剣を振り回し、死んでいくしかなかった。島民はただ泣きながら逃げるしかなかった。

「杞憂ではなかった……」

沖縄の人たちを護れない悔しさと悲しみを胸に、絶望のゲリラ戦。弾も尽きていく中でわたしは気を失った。

アメリカ軍の前に〝沖縄を護る〟という誓いは無残に叩きのめされたのだった。

わたしは捕虜となり、敗戦後に故郷岩手へ戻ってきた。一関も米軍の空襲に襲われていて、わたしを待つ人はもう誰もいなかった。

生きるために東京へ行くことにしたわたしは、それからは食べるため、生きるために静かに呼吸をするような人生を歩いた。散っていった戦友たち、沖縄の人たちのことを思うと、わたしはとても恥ずかしくて、戦後長いこと沖縄戦の生き残りなどとは言えなかった。

敗戦後、徐々に復興が進むにつれ、人々の記憶からあの辛い時代が消えていった。豊かさがそうさせてくれたのかもしれない。

結婚してこどもができ、人並みの暮らしができるようになったことは、あの地獄のような戦争に比べれば夢のようだった。

こどもが教育を受ける過程を見ていて、戦後日本の教育がやたらとわたしたち軍人を貶めていることが気になることはあったが、そのことに声を上げる勇気も気力もなかった。

いずれみんな気が付く日が来るだろうと思っていた。

しかし、最近自身の老いを感じるようになり、死を意識し始め、あることを残しておきたくなった。

日本人がアメリカに次ぐ経済大国と自覚するようになった頃だった。地元を中心とした若い経営者、社会人たちが、首都圏にある特攻訓練基地のあった場所を訪れ研修を行うということになり、沖縄戦の生き残りのわたしに是非講師として参加してほしいという話があった。その中で平和教育をしてほしいということだった。

わたしはこんな自分の体験が若い人たちの役に立つのならと二つ返事で引き受けたのだった。

その研修では、わたしに戦争体験を語ってほしいということだったのだが、「どれほど軍隊が酷いものか、戦争が悪なのか、平和が大切なのかを強調してください！　世界平和を語ってください」と言われ、当日はその意に沿うように話をした。

ただし、ここで訓練を受けて特攻隊として飛び立った人たちも、知覧から飛び立った人たちも、知覧の反対側の鹿屋から飛び立った人たちも、海の特攻隊の回天も、沖縄で散ったわたしの戦友たちも、大陸で倒れた人も、南方で果てた人も、海に沈んだ人たちも、みんな自分が死んだら桜の季節に九段へ、靖国へ会いに来てくださいと母に妻に恋人に妹に伝えて死んでいきました……という話はした。

そして懇親会になり、主催者の挨拶があった。

「皆さん、今日はいかがでしたでしょうか？　あの時代に洗脳された若者たちの人生を思えば、わたしたちはどれほど恵まれているでしょう？　その人たちの分まで頑張りましょう？　……戦争はやってはいけません、世界平和のために乾杯」

宴席は進み、みな楽しい酒を飲み、時間は過ぎていった。

その光景を見ていて、わたしは虚しくなり、やるせない気持ちに包まれた。命を懸けて祖国を護ろうとした魂たちはこんな風な戦後日本を見てどう思うのだろうか？と。

それから何年かして、平成に入ってからだった。会社の同僚たちと沖縄を訪れる機会があった。わたしにとっては復員してから初めての沖縄だった。それまで心のどこかで向き合うことができずにいたのかもしれない。戦友たち、あの島とあの海に散った魂に向き合う最初で最後の機会だと、ようやく慰霊ができると思っていた。

旅行会社のガイドに従ってバスで平和祈念公園、平和の礎、ひめゆりの塔へ行った。

自由行動のときに、わたしには何としても行かなければならない場所があった。そのわたしの希望に、沖縄出身の同僚が応えてくれ、その親戚の若いお子さんが車を出してご一緒してくれることになった。

20歳くらいの好青年が、その彼女と一緒に親切に案内してくれた。

わたしが何としても行かなければならない場所、それは戦友の佐川が戦死した前田高地という沖縄の大激戦の土地だった。

車でそこへ到着すると、そこは当時のことなど想像もつかないほどに美しい風景で、その中に慰霊碑があった。

「お知り合いの方が？」

「ええ、佐川という戦友なんです。お互い岩手県の一関出身で、広島で船で一緒になってから沖縄へ。ここの戦いで死にました……。実はわたしも沖縄戦の生き残りで……」

「そうだったのですか？」

わたしは持ってきた岩手の地酒をこの地へ静かに撒いた。

「佐川、やっとここに来ることができたよ、今まですまなかった。たっぷり飲んでくれ……。今日までお前のことを考えない日は一日もなかったよ」

酒を置いて手を合わせるわたしの後ろで、この若いカップルも手を合わせてくれた。

「ありがとう、彼も喜んでいます……。この戦友はね、結婚してからすぐに徴兵となり、満洲へ渡ったんです。彼はたった3日間しか結婚生活がなかったんです……」

「えー、3日だけですか？」

「そうなんです。わたしはそのときはまだ結婚していませんでした。むしろ妻を残して戦地へ征った佐川の方が可哀そうに思うこともありました」

「そうでしたか。あの、もし、沖縄戦で亡くなっているのなら、平和の礎に名前があるかもしれませんよ」

「そうなんですか？　ああ、でももう行ったし、今回はもう無理かもしれませんね」

「そうですね、これからはちょっと厳しいですね……」

その後、帰り道沿いにある観光スポットを案内してくれ、最後にホテルへ戻ることになっていたのだが、護国神社がホテルの近くにあり、最後に沖縄の戦友たちにもう一度別れを告げたくなったので、もう観光はいいので護国神社へ行ってほしいと願い出た。

そのとき、そのカップルの顔が少し曇ったので、それとなく「何か？」と聞いてみた。

「実は、ぼくの親戚で、日本のせいで沖縄の人たちは酷い目にあったんだ、あそこはその戦争を起こした悪い人たちがいるから行くべきでない、あの人たちのせいで沖縄の人たちは死んでいったと言う人間がいるんですよ」

「わたしのうちはひいおじいちゃんとひいおばあちゃんのときからあそこへは行かない方がいいと言われてました。両親たちは君が代を歌わない、日の丸掲揚反対って」

と彼女が続いた。

「そうですか……それは残念ですね」

「本土の人たちとは違うかもしれませんね。でもみんながみんなではないと思います、ぼくらは全然大丈夫ですから」

「いや、でももう大丈夫ですよ。ホテルも近いし、今日は本当にありがとう」

お二人で食事でもしてくださいとお礼を渡し、車を降りた。

わたしは一人階段を上り、長い参道を歩いた。気が付いたら涙がこぼれ、拳を握りしめ震えていた。一緒に戦った人間には当然地元沖縄の戦友もいた。わたしたちは沖縄を本土だと思って戦ったはずだった。本殿を前にして目を閉じて戦友たちの顔を思い浮かべたとき、全員が号泣している顔ばかりだった。あまりにも悲しく、惨めで、悔しかった。わたしには戦友たち、何とかして生き延びて命を繋ごうとした沖縄の人々の慟哭が聞こえてきて身も心も震えてしばらく動けなかった。

わたしだけでなく、戦争を体験した者であれば、戦争というものがどういうものなのか、肌で感じてわかっている。

戦前戦中を生きた日本人は、たとえ戦地へ行ったことのない女性でもこどもでも、世界が、国際社会というものがどういうものなのかが無自覚にせよわかっていた。

平和教育をとの研修に招かれたときに、〝戦友たちが洗脳されていた〟と聞いて、いたたまれなかった。戦死した全ての人間のお母さんが聞いたらどれほど悲しいだろう。

「わたしの息子は洗脳などされていません。あの時代がどういう時代だったのかになぜ向き合おうとしないのですか？」

と泣いているはずだ。

あの時代を生きた若者たち、戦友たち、その両親、家族たちは洗脳などされてはいない。むしろ戦後日本人の方がよほどGHQの敷いた占領政策に洗脳されている。

「戦友たちのことを洗脳されていたと話す戦後日本人よ、全て日本が悪かったと蓋をして正面から向き合おうとしない戦後日本人よ。あの時代を生きた人は、敗戦したとはいえ、皆さんよりはるかに気高い勇気と品格と深い歴史観と哲学を持って生きていたぞ」

と心の中で叫んでいた。

沖縄へ行ってから後は、〝洗脳されていた〟とは言わぬことを条件に、戦争を伝える施設や研修会などで話をすることにした。

家族には伝えておこう。戦後日本の〝平和教育〟なるものは平和教育ではない。「戦争反対」「世界平和のために祈る」「戦争をしてはいけない」……などということは当たり前のことだ。

〝起こさないためにどうしなければならないのか？　引きずり込まれないためにはどうしなければならないのか？　ターゲットにされないためにはどうしなければならないのか？

侵略しない、されないためには何が大切なのか？〟に正面から向き合い、考えることが真の平和教育なのだ。

とりわけ日本人にとっては、あの近現代に正面から向き合うことこそが平和教育の第一歩であり、避けて蓋をして〝全て日本が悪かった、あの時代の軍人たちが全て悪でした〟で片付ける社会こそが、実は戦争を招き入れることになる、未来のこどもたちの平和を破壊することになることに気付いてほしい。

朝鮮戦争、ベトナム戦争、アフガニスタン、イラク、リビア、ロシア、ウクライナ……戦争というものを報道で、カメラの向こう側に見てきた戦後日本人よ。戦争の恐ろしさを知る軍人こそが戦争をもっとも避けようと最後まで抵抗する人々なのだ。

どうか未来のこどもたちの幸せを真剣に考えてほしい。

人間は誰しも追い込まれれば鬼にもなる。戦時下という狂気の下では、正気など保てる方がおかしい。まして戦況が不利になれば厳しい情報統制や検閲など当たり前です。どうして戦死した兵士が残した遺書の行間に横たわる、文字に表せない魂の叫びが聞こえないのですか？　勇ましく死んでいった兵隊など一人もいないなんて、当たり前です。みんな泣きながら〝お母さん〟と、妻の名を家族の名を叫んで死んでいったのです。

もしあのとき、俺たちが戦地へ征かなかったら、ではいったい誰が戦地へ征ったのか……。

どうか現在の価値観であの時代を見ないでください。それは世界中が、戦後日本人が想像もつかない時代だったのです。


命を懸けて護ろうと思った沖縄は、あの凄惨な地上戦を経験し、戦後はアメリカの施政下に置かれ、今度は他国の勢力圏に覆われてきている。それ以前の薩摩藩、明治政府による支配のこともあり、日本を憎む気持ちが育まれるのは仕方がないのかもしれない。

もし、米軍を追い出し、そして日本から沖縄を取り戻そうとする気持ちが沖縄の皆さんの総意であれば、琉球王国を再び！が夢であるのなら、せめて沖縄のこどもたちは自分たちが護れるという単独の自主防衛体制を築いてからが良いと思う。

そもそも、オキナワという名前は、大きな和から来ていることは日本人なら直感でわかる。607年頃に流求国として初めて史書に登場した沖縄、流れて求めていく……リュウキュウの語源は竜宮。大切な日本の神話の聖地だということは日本人なら肌で感じるはずだ。

その後、ペリーが来るまでは平和だった記憶が沖縄の皆さんにもあったでしょう。ペリーはじめ欧米列強が迫ってからは国家単位で対峙しなければ、どういう運命を辿ったかは他の太平洋の人々がどんな目にあったかを見ればわかるはずです。少なくとも平等な学校教育も受けることができたではありませんか？

哀しいことに戦後教育で、沖縄の方々を反日へ導くようなことが平然となされてしまった。戦後日本共産党の幹部が沖縄民族は少数民族で、日本に侵略されたと主張し、マッカーサーは沖縄人は日本人ではないと断じ、メディアはそれを煽りに煽りました。これらは日本の分断工作であることなど、一目瞭然です。それでも日本本土復帰のときには多くの沖縄の皆さんが喜んでくれたのではありませんか？

分断されていくことを喜ぶのは、力で征服し支配しようとする覇権国であり、悲しんでいるのは未来のこどもたちであることにどうか、どうか気付いてほしい。

憎むべきは戦争であり、軍人ではありません。靖国神社も護国神社も、戦争を憎む人々が目を閉じるところです……。そして、未来のこどもたちのために大きな和を取り戻してほしい……。

同じ岩手一関出身、あの地獄を共にした戦友の佐川は、沖縄の前田高地、現在の浦添市で戦死した。それは大変な激戦の地で、『ハクソー・リッジ』（メル・ギブソン監督）というハリウッド映画にも描かれている。

3日だけ結婚生活を送った奥さんは、再婚して厳しい現実に向き合い、その後の人生を懸命に生きた。戦友、佐川に想いを馳せてくれる人はいずれいなくなるだろう。もしお前たちが、友人が、親戚の誰かが沖縄へ行くことがあったら、必ず前田高地へ慰霊に行ってほしい。

そして平和の礎で彼の名前、佐川菊一を探してほしい。誰かが彼の魂に想いを馳せてくれたらと願っている……。

佐川だけではない。誰からも思い出されることのない、忘れ去られた魂たちが、縁のあった誰かのこどもたち孫たちが気付いてくれる、辿り着いてくれることをずっと待っているということをわかってほしい。

これが、あの沖縄戦を経験し、日本の本土である沖縄の大切な同胞と乙女たちを護りきれず、恥ずかしながら生きながらえてきたわたしの家族へ伝えておきたいことだ。

この手記を家族に託し、後世が戦友佐川菊一の眠る沖縄へパスポートを持っていく日が来ないことを祈りつつ〟

わたしにはこの手記がとても価値あるものであり、大切なことに思えたのです。亜美にもわたしたちのわずか数世代前の身近な祖先が、どんな風に命を繋ごうと懸命に生きていたのか、何と戦ってきたのかを知ってほしい。

いつか何かで必要なときが来るかもしれない。そのときまで、この方と戦友のことを忘れずに胸に刻んでおいてください。

青い瞳の日本兵

ダニエル・ハリー（青木義男） 1922年生まれ。長野連隊に入隊。
満洲に徴兵されつつ、ある極秘任務を任される。

田島 ハリーの戦友、福井県生まれ。音大出身。インドネシアへ転戦。

森崎 ハリーの戦友、岩手県生まれ。沖縄へ転戦。

久保 ハリーの戦友、香川県生まれ。美大生。マレーシアへ転戦。

青木陽子 ハリーの娘。

浦壁 1909年生まれ。戦時中は大陸で諜報活動を行う。
戦後、幣原内閣で働く。GHQがミスターを付けて呼んだ数少ない
日本人の一人。占領政策に立ち向かい、日本の独立を目指す。

天宮曹長 陸軍曹長。結核と足のケガにより大陸の開封陸軍病院に入院。

ミッション

1939年3月、ぼくは中国大陸の戦闘の中にいた。

ぼくの所属する部隊は、同年1月に長野での訓練を終えて、船で中国大陸へとやってきた。泥沼化する中国大陸の戦況から、満洲とその周辺の治安維持、日本人居留民の保護が目的だった。

ぼくの名前はダニエル・ハリー、日本名は青木義男。日本人の父親とイギリス人の母親のハーフだ。生まれも育ちも日本で、梅干しと納豆とみそ汁、そしてキュウリの漬物をこよなく愛している。

父が仕事でイギリスに駐在していたときに母と出会い、そして結婚。母は家族と故郷を離れ、ユーラシア大陸の端から反対側の端の島国で暮らすことになった。

父はぼくが中学時代に病気で亡くなった。日本では、近所の人もみな親切で、ピアノと英語を教える母と二人で暮らすことになったのだが、生活に困ることはなかった。

しかし、ぼくの顔は完全に西洋人、日本人が謳う鬼畜米英の鬼畜顔である。したがって長野の連隊に入隊したときには、奇異の目で見られたし、同じ部隊の人たちからは常に目立った存在だった。

英語は読み書きも会話も完璧にできたが、日本語は、話はできるし、コミュニケーションは普通にとれたのだが、読み書きはあまり得意ではなかった。そんなぼくだったが、部隊の戦友たち、上官もみな親切だった。


召集令状が我が家に届き、長野の連隊に入隊する前には、母と一緒にこどもの頃から家族でよくお参りに行った近くの小さな神社にお参りに行った。

ぼくと並んで頭を下げている母が涙を流していた。そしてぼくを抱きしめて声を上げてさらに泣いていた……。日本人として生きる覚悟を決めていた母だったが、日本が自分の母なる国イギリス、そしてアメリカと戦争することになりそうな事態に向き合うことの悲しみはどれほどだっただろうか……。

ぼくも初めて開ける戦争という扉の前に立ち、恐怖に震えて泣いた。

「ママ、怖いよ」

そう呟いたら母がさらに強く抱きしめてくれた。ぼくも涙が溢れて止まらなかった。

ぼくが戦地に赴いた当時の満洲は大変な繁栄の中にあった。

それまで、日本は常にロシアが大陸から南下してきて、満洲はもちろん、朝鮮半島まで迫ってくる、日本の海の周りはロシアの艦船が荒らし回り、日本の漁船や輸送船が沈められている状態だった。そもそも、近現代に入って、白人以外の地域では独立を保っていたのは清、日本、タイとエチオピアくらいだった。この地球という星にある世界の大地のほとんどが白人覇権国家の植民地であり、そこに暮らす黒い人間と黄色い人間は動物と同じ奴隷だった。

やがて、清はイギリスの老獪な謀略とアヘンに侵食されてしまった。

四方を海に囲まれて、自然と国民国家を形作り、高い教育水準と識字率を維持していた日本は、植民地にされないように懸命に頑張った。

その後、日露戦争で大変な犠牲を払ってやっとロシアの脅威を押し返して、ようやく北東アジアに平和を築けたと思ったら、今度は共産主義という脅威が生まれ迫ってくることになった。

カール・マルクスとフリードリヒ・エンゲルスの著した『共産党宣言』にあるように、怪物と表されたヨーロッパに生まれた新しいイデオロギーは平等なユートピアのように映り、多くの人々を、特に知識人たちを魅了したようだった。

一方でロシア革命のように王室や伝統を破壊する革命のようなパワーを秘めていることも目の当たりにして、神を否定する無神論が跋扈するのでは?ということへの警戒感も強まった。

特に日本は、長い長い伝統があり、皇室もある。誰しもがこどもの頃から神社仏閣へ行き、家には神棚や仏壇もある。目に見えない存在に対して畏敬の念を持つ人々からすると、共産主義はまだまだ得体の知れない脅威に映った。

太陽の神、月の神、山の神、水の神……森羅万象に神々が宿ると考える日本人の生き方が、父はもちろん、イギリス人だった母も、そしてぼくも大好きだった。

同じ部隊で寝食を共にした中で、特に仲の良くなった戦友と呼べる人間が何人かいた。

「しかし、おかしな戦争だよな? 満洲はこんなに平和だし、混乱しているのはそれ以外の大陸全体なのだから、俺たちがいる意味があるのかなぁ?」

と言う一人は福井から来た田島という男。田島は都内の音楽大学を卒業し、音楽教師になろうとしていた。

「大陸は三国時代というか、戦国時代だよな……俺たちに戦いを挑んでくる人たちに誰が武器を供給しているんだろう？　おかしいと思わないか？」

とつぶやいたのは森崎という岩手県出身の男。

「うーん、その通りだよね。ソ連も今じゃドイツを相手にするのに手がいっぱいで出てくる気配もないらしいよ」

クロッキーの絵を描きながら答えた香川出身の久保は、美大生だった。

お互い二等兵という軍隊では低い階級同士のぼくらはそう言いながら、その日も満洲で美味しい料理を楽しんだ。大陸の日本の勢力圏内は平和であり、五族協和の通り、漢人、朝鮮人、蒙古人、満洲人、日本人みんな仲が良かった。

毎日訪れるレストランでは、開拓団の方々とも一緒になった。長野で過ごしていた頃から顔見知りの人もいて、遠く祖国を離れた大陸でお互いにさらに仲良くなった。長野から理想の社会を作ろうと満洲へやってきた開拓団の方はとっても多く、他県の3倍くらいの数だった。

日本が存亡と国運を賭けて情熱と莫大な予算を注ぎ込んだ満洲は、近代国家として大きな発展を遂げた。飛行機と車が大量生産され、大規模農業は飛躍的に伸び、映画会社ができ、女優の李香蘭（日本名：山口淑子）は満洲と中国大陸と日本の人々を虜にし、ゴルフ場ができ、鉄道が全土を駆け抜けた。

そして、何より関東軍（満洲に駐屯した日本の陸軍、日本の関東地方とは無関係）のいた満洲は平和で、そこに暮らす人々は幸せだった。

当時大陸にはいわゆる国家のような存在のない内乱状態、各地のリーダーたちが勢力争いをしている抗争状態だった。そんな中で苦しむ民衆が〝あそこへ行けば平和に暮らせる〟と毎年100万人以上の人々が満洲へなだれ込んできた。

ぼくら日本兵もそもそも治安維持が目的であったのだが、どういうわけか大陸のそれぞれのリーダーとその軍隊からの攻撃に悩まされていた。後に中華民国を作った中国国民党の蒋介石もそんなリーダーの一人だった。本当に誰と戦っているのかがよくわからない戦争だった。

結局、北京のような都会は外国の公館や居留民も多く、その警備もぼくらの仕事になってしまった。満洲から移動して北京飯店の警備もしていたのだが、そこでぼくはある重大な任務を命じられることになった。

　上官に呼び出されたのは、北京飯店の中にある外からはわからない隠れ部屋のような部屋だった。

「青木、おまえに重要な任務をやってもらうことになった。こちらはその任務を指揮される浦壁さんだ」

「はい」

　緊張した面持ちでぼくは敬礼した。

　浦壁さんという男は眼光鋭く、普段ぼくと一緒にいる優しい一兵卒の日本軍人とはまるで違っていたからだった。

　その男はぼくに英語で話しかけてきたので、ぼくもとっさに英語で答えた。アメリカ人っぽく聞こえたけど、その男の英語は上手だった。

「最高だ、貴様ならやれる。大事な任務を与える、頼むぞ」

　とその浦壁さんという男は握手をしてきた。

　浦壁さんは中国大陸で日本の政府、軍隊の作戦遂行のために諜報活動をしていた。彼の指示は、二重スパイになって情報を探ってこいということだった。大陸の奥に入り、表向きは日本軍人だが、実はスパイとして潜り込んでいるイギリス人だと言って、アメリカ軍の動向を探れということだった。

聞いていてあまり深い意味がわからなかったけど、浦壁さんの話はそれまでのぼくの人生からは想像もつかないことだった。

日本が戦いに引きずり込まれている大陸の戦いの背後に、ソビエト連邦共産党とアメリカとイギリスがいるというのだ。何でも日本兵が戦わされている中国大陸のリーダーたちである蔣介石や共産党ゲリラに、資金援助や武器供与、航空隊まで送って日本と戦わせている。事実上日本に宣戦布告しているどころかアメリカの方こそ既に日本に戦争をしかけているというのだ。

ただ、アメリカ国内は厭戦気分が覆っており、世論は参戦反対なので、日本にセンセーショナルに先に手を出させる。そして世論を日本憎しの参戦に導くように誘導する必要があるとよからぬ作戦を企てている。

幸いにして日本の陸海軍参謀たちはアメリカとは戦争はしないという認識で一致しているが、海軍に不穏な動きがあるそうで、その手に乗ってはいけないのだと。

ルーズベルト政権も近衛内閣も、いわゆる共産主義であるソビエト連邦共産党のスパイに乗っ取られている可能性があるとも言われていると。

浦壁さんと親交のある石原莞爾中将は、これ以上大陸で無益な戦争をしている場合ではないと近衛公に蒋介石との会談を直訴したら左遷されてしまい、大陸戦線不拡大と日本と中国で助け合おうと叫ぶ多田駿中将も遠ざけられているらしい。

そして、イギリスとアメリカの大企業が世界のウランの眠る鉱山を買い占めていて、どうも恐ろしい新型爆弾の開発をしているらしく、それを日本相手に実験に使用しようとしているということだった。

何とも恐ろしい話だったけど、単純なぼくは、何か大きな使命を天から授かった気分、まるでスパイ映画の主役にでもなったような気分になり、舞い上がっていた。

「かしこまりました！」

入隊以来、最高の敬礼をして部屋を出た。翌日からぼくはスーツに着替えて、イギリスからやってきたビジネスパーソンになった。

いくつかの都市を転々としながら、情報収集をした。どこへ行ってもビジネスパーソンのぼくは親切にされた。

驚いたのはどこへ行っても日本の軍隊が一般の民衆からは大歓迎され、信頼されていることで、日の丸を振る中国大陸の民衆がいたことだった。だんだんと各国の情報やスパイがたむろするホテルのバーや、地元の有力者の営む中華料理店などがわかってきた。そこには国民党員、共産党員、ソビエト、アメリカ、イギリス、フランス、ドイツの諜報員がひしめき合っていて、誰を何を信じて良いのかわからない五里霧中の世界になっていた。

そして河南省の開封という場所に流れ着いた。ここは北宋時代にユダヤ人共同体ができた場所で、そのコミュニティはいまだに残っていた。何か貴重な情報が手に入るのではないかという直感に突き動かされたことと、浦壁さんからこの地の陸軍病院に知り合いの陸軍曹長が入院したらしいので、見舞ってほしいという連絡もあったからだった。

滞在した賓館から浦壁さんへ電話をかけ、状況を報告した。

「アメリカとイギリスが大陸のリーダーたちに武器を提供しています。ソビエト連邦共産党は中国共産党にもかなりの資金と武器を提供しています。日本と戦わせて儲けることと、日本を疲弊させることを狙っています」

「やはりな。ソビエト連邦共産党の真の狙いも探れ。アメリカと日本を戦わせてから、日本をアメリカとソビエトで分割統治することだとすると、何としてもアメリカと戦ってはいかん」

「はい、わかりました」

「頼むぞ」

「はい。それから、明日陸軍病院へ行きますので」

「ああ、そうか、そっちも頼む。これ以上の長電話は危険だ、切るぞ」

「はい」

開封を去る前に、日本の陸軍病院に、その日だけは帝国陸軍軍人として立ち寄ることにした。

日本赤十字の看護師たちが、日本軍人だけでなく、民間人も差別なく手当てしてくれていた。そこで働く看護師が医療物資の補給を願い出てきた。

「わたしは青木義男です、顔は鬼畜米英ですけど」

と言ったら出迎えてくれた二人の看護師はくすくす笑った。薬品などの物資の補給は後で司令部に伝えることを約束した。

「ところで、ここに天宮さんという曹長はおられませんか？」

「ああ、いらっしゃいますよ、でも」

西村と高田という二人の看護師が、顔を見合わせ表情を曇らせた。

「お会いさせていただきたいのですが」

「天宮さんは結核で、足のケガも悪く、そろそろ内地へ帰る予定です」

病床の天宮曹長はマスクをして、静かに横になっていた。

「曹長、ご安心ください、わたしは日本兵であります。青木義男です。浦壁さんに見舞ってくれと頼まれ、参りました」

驚いた表情の曹長に軍隊手帳を見せて、身分を明かした。

「浦壁さん？　北京の？　ああ、そうだったか……それはありがとう。わたしはご覧の通りの有り様だよ」

「曹長、お身体は？」

「ああ、軍人としては役に立たんよ、内地へ送還されるらしい。浦壁さんの使いということは、きみは何か情報を探っているのかな？」

左右を見渡しぼくが答えに窮していると、

「少し外へ出よう」

と察した天宮さんが言ってくれた。

松葉づえを取って歩き始めた曹長にぼくは続いた。病院の中庭のベンチで少し距離をとって二人で座った。

「どうかね、戦況は？　わたしはもう内地へ帰るだけになりそうだが」

ぼくは、孫文にも蒋介石にも張学良にも馮玉祥にも毛沢東にも、背後にソ連共産党がいるだろうことを話した。また、アメリカも彼らに資金援助はもちろん、武器輸出も航空隊も送り事実上日本に先に戦争をしかけていることを話した。

「陸軍はアメリカとは戦わないことは既定路線のはずだ」

「はい、でも近衛内閣はソビエトのスパイだらけのようなんです」

「何だと？　しかし、このままでは大陸と太平洋で戦端を開くことになってしまう」

「はい、それは避けなければなりません」

「そうなったら……日本は相当苦しい戦いになるぞ」

別れ際、天宮さんは松葉づえで片足をついて敬礼してくれた。この傷を負った軍人の哀しみの瞳だけがぼくの脳裏に焼き付いた。

病院を離れるとき、この病院の日本人の看護師全員が見送ってくれた。そして西村と高田は笑顔で手を振ってくれた。

「けが人たちの治療の救援物資をお願いしますね、鬼畜米英さま！」

日本の看護師たちは立派だった。


大陸でかき集めた確度が高いと思われる情報を持って、ぼくは北京飯店へ戻った。

「そうか……よくやってくれた」

ぼくは恐縮しながら敬礼した。

「ただ、残念ながら状況は厳しい。アメリカは、大陸から、満洲からもミクロネシアからも手を引けと日本が飲めない要求をしてくる可能性が高い」

「そうですか」

「ああ、もしどこかの国がアメリカに独立当時の13州に戻れとか、イギリスにオーストラリア、ニュージーランド、インド、シンガポール、香港を捨ててイギリス本島に戻れと言ったらどうなると思う？」

「戦争ですね」

「そういうことだ……どうだ一杯やらんか？」

「は、はい、ありがとうございます」

その夜は、二人でほとんど会話もなくただ飲むだけだった。

そしてこの数か月後、海軍は真珠湾を攻撃してしまった。米メディアはだまし討ちと喧伝、〝リメンバー・パールハーバー〟が掻き立てられた。これが誰も止めることのできない時代の歯車というものなのだろう。

このとき、浦壁さんは「アメリカのルーズベルト大統領とイギリスのチャーチル首相は嬉しくて祝杯をあげるだろうな……なんてことをしてくれたんだ、この大馬鹿者が！」と激怒していた。

浦壁さんによると、陸軍は大東亜戦争の名前の通り、イギリス・オランダをアジアから追い出すべく山下兵団（山下奉文将軍率いるいくつかの師団と近衛師団の混成部隊）がマレーシアへ向かっていたのだそうだ。陸軍は、海軍の真珠湾攻撃よりも2時間早くマレーシアのコタバルへ上陸、アジア解放戦争を開始していた。

マレーシアは古代から王国があったが、西欧列強国の進出により他の国々同様、植民地とされ、そこに暮らしてきた民は奴隷となった。マレー半島の端にあるシンガポールはイギリスが支配、プリンスオブウェールズとレパルスという最新鋭艦を擁するイギリス東洋艦隊と、10万人を超える陸軍部隊がアジア支配の象徴として君臨していた。

マレー半島に上陸した日本の陸軍は破竹の勢いで進軍した。マレーシアの民衆は熱烈に歓迎し、味方になった。300年ものあいだ奴隷とされてきた人たちは、自分たちを助けてくれる神々の軍隊がやってきたと思った。そして日本の航空隊がイギリス東洋艦隊の誇る二隻の最新鋭艦をわずか数分で海に沈めてしまった。これにはイギリスのチャーチル首相もその衝撃に言葉を失った。

マレーシアの人たちは飛行機は白人が操縦できるもので、自分たちは永遠にできないと思っていた。ところが自分たちと同じアジア人の日本がそうでないことを目の前で見せてくれた。この日からマレーシア、インドネシアの民衆は老若男女問わず、〝ムルデカ（独立万歳）〟が朝昼晩の挨拶となった。そして日本軍は現地の民衆に独立のための教育をした。この事実は、インド、ビルマ、アラブ、アフリカの人たちに計り知れない勇気を与えた。

しかし、日本は国家存亡の危機という大きな波に飲み込まれていった。

ソ連とはお互いに不可侵条約を結んでいたこともあり、南方から迫るアメリカに対するため、戦友たちはみな南方へ、田島はインドネシア、久保はマレーシア、森崎は沖縄へ転戦していった。

大日本帝国残存政府

「幣原さん、今、日本には一機の飛行機、一隻の軍艦、一挺の鉄砲もなく、無力化されてしまいました。何とかアメリカとソ連を対峙させ、少しでも日本の立場を好転させることはできませんか？　わたしは大陸で命を懸けて生きてきた。この混乱期に誇りも自尊心もない日本人の私利私欲やアメリカへのご機嫌取りに必死な日本人たちに、この国の未来のこどもたちの人生を歪められてはたまったものではない」

とわたしは無礼を承知で切り込んだ。

「浦壁さん、わたしだってこんなときに好き好んで総理大臣を引き受けたわけじゃないんだよ。戦時中は国際協調主義者のような言われ方をしたのが原因かもしれない。連合国側との関係もあるし、日本人の誰かが引き受けなければならない役目が回ってきたと思ってやっているんだ。

実はね、わたしの外務大臣時代に当時マッカーサー元帥はよく大使館へ訪れた。そのときに、大使と話し合いの間、椅子も用意せず廊下で何時間も待ってもらったことがあった。ところが、この敗戦で立場が逆転、この年をして無条件で彼に頭を下げなければならないことになった。

個人としては我慢ならんが、わたしはこの国に捧げる最後の任務と思ってやっている。あなたが協力してくれなければ、この内閣は3日ともたない。頼む浦壁さん、我慢して付き合ってくれ」

「そうですか、わたしは敗戦以来、命の捨て場に困っていました。このドサクサなご時世、政府が二つあってもいいでしょう。幣原さんはアメリカ保護領政府の総理大臣、わたしは大日本帝国残存政府総理大臣のつもりで、幣原内閣総辞職まで付き合いましょう」

総理にはわかった、とにかく協力してくれと言われた。当時わたしがいたことで、幣原喜重郎内閣は爆弾を抱えた内閣と揶揄された。

敗戦を北京で迎えたわたしは、敗戦処理に追われる日々を大陸で過ごした。北京飯店と天津飯店を行き来して、日本兵の復員や市民の帰国手配など、日本人同胞を守るのに必死だった。

そんなときにわたしに銃を向けてきた男がいた。精悍な顔つきのただ者でない男だった。

それは後に中国共産党軍の毛沢東主席に次ぐナンバー2となった劉少奇だった。どうせ死に場所を探しているような心境だったので、脅しなど通じぬぞとばかりにこちらの言い分を伝えた。アジアで平和を確立することがわれわれの目的だったが、敗戦した今となっては速やかに同胞を帰国させることと、渡せる資産を中国の方々へできる限り無傷でお渡しするだけだということを伝えると、すんなりと銃を引っ込めてくれた。

アメリカ進駐軍はホテルでとにかくやりたい放題だった。二言目には、

「敗戦国民が生意気なこと言うな」

と言ってくるので、

「まだまだ大陸には無傷の日本兵が10万人以上はいる。やる気なら貴様らすぐに片付けてやる。明日の朝食には青酸カリが入っているかもしれんから気を付けるんだな」

と脅かしたこともあった。

女優の李香蘭が人民裁判にかけられるかもしれないので、日本人の証明が必要らしいということは聞いていた。一人でも多くの日本人が無事帰国できるように、できる限りのことはした。他方で、まだ連合国（United Nations：国連）側の要請を受け日本の看護師たちが残って医療活動を続けていたのが心配だったが、わたしは1946年に帰国した。

その春から東京裁判が始まるというので、親交のあった軍人たちから、もしものときに青酸カリを渡してくれと頼まれたこともあり、巣鴨に住むことにした。

幣原内閣では某大臣付の秘書官長という肩書のもとで、幣原さんとの約束もあり、日本独立のためにもう少し生きることになった。わたしの素性を知っているマッカーサー司令官から占領政策に協力を要請されたのだが、敗戦国民であっても個人の人格が否定されるようなら一切協力はしないということだけは貫いて、引き受けることにした。

幣原内閣総辞職後には、次の総理大臣を誰にするかについてGHQ（連合国軍最高司令官総司令部）から何度も意見を求められた。決まってジョージ・アチソン公使のマッカーサー司令部の政治顧問室で話をしたのだが、見通しがつかず困っていたようだった。石原莞爾将軍はどうかと打診してきたこともあったが、わたしは今の日本の状況を考えて幣原さんに続投を要請していた。

わたしはマッカーサー司令官に対し、〝日本人が納得する人物であること、日本の国益を第一に考える人物であるべき〟ということを再三要求した。これがなされないのであれば、その人物を抹殺する覚悟であることも告げた。

しかし、勝者と敗者の立場というものは絶望的なほど厳しいものだった。

ＧＨＱやマッカーサー司令官の占領方針とは、まず第一に日本の高い統治機構とその能力を完全に破壊すること。また、日本の教育水準が世界一だったことに驚いたＧＨＱは相当な脅威を感じ、教育体系を破壊し低下させ、日本人が深くものを考えなくなるように愚かにする。国民をあの戦争の被害者として洗脳することを第二とした。そして第三に日本のために頑張る政治家を首相にはさせないことであった。

あるときは日本の女優に夜の接待をせよと命令するＧＨＱ高官がいて、それをあろうことか日本の政治家が口利きをしていたことがわかった。名指しされた女優さんから、その日本の政治家にはお世話になっており断りにくいという相談があったので、わたしは、「構うことはない。当日ケガしたとか言って断れば良い。わたしが話をする」と言って、

「貴様のような売国奴がこの国の将来をダメにするんだ。この愚か者が、恥を知れ」

と怒鳴りつけた。

また、連合国兵士に日本女性が襲われる事件が絶えなかった。それによって生まれたこどもたちの苛酷な運命を思うと、ＧＨＱには、

「貴様らアメリカ人が、戦前から日本には女性の権利がなかったなどと言えるのか？」

と猛抗議せずにはいられなかった。

そんなGHQに徹底抗戦しているわたしに、何人かが政治家への出馬要請や政治結社を作ってくれないか?と願い出てきてくれた。ありがたいとは思ったが、一人でいつ死んでも良い状況の方が言いたいことが言えるからとお断りした。

やがて、戦後最初の衆議院議員選挙が行われることになり、内閣勤めを続けていたわたしに、立候補をするよう幣原首相、松野鶴平、鳩山一郎、石橋正二郎などがしきりに勧めに来てくれた。

ありがたいこととは思ったが、わたしはどうしてもアメリカ植民地政府の政治家になることが我慢ならず、お断りした。

そんな折、GHQで働いているという方で、占領政策とは違う部署で働く方から面会の話があった。

会ってみて驚いたのは、東洋史、日本の歴史を研究しているというアメリカ人女性の学者さんだった。わたしは最初、どうせ例によって日本人をどう管理洗脳するか? アメリカこそが人類の理想社会を世界中へ広める正義の国家であるといった傲慢な話を聞かされるのだろうと思っていたので、その程度のくだらない話だったら日本人ここにありの魂を見せつけてすぐに去ろうと思っていた。

だが彼女は、

「日本はいつの時代も平和国家だった。世界中が弱肉強食の時代に、日本の行動はわたしたち欧米諸国の侵略植民地支配を手本としたもの、世界がそうならそのルールに則ろうと同じ土俵に乗ろうとしたもの、いわばわれわれの鏡である。アメリカは日本を裁けるほど正義ではない」

といったことを話し出した。この人とは話ができると感じたわたしは法の精神の話をした。

「あなたはワインを飲むか？　〝法の精神〟からすれば、たとえば禁酒法が明日から施行になったとしたら、明日あなたがワインを飲んだら法で罰することはできる。しかし、あなたは3年前にミシガンでワインを飲んでいましたね？　犯罪人として逮捕します、こんなのは古代独裁国家のやることだ。後から法律を作り過去を裁くということは、およそ近代文明国家がやってはいけないことなのだ。それを連合国という組織があたかも合法であるかのようにやっている。パール判事は堂々とそのことを証言してくれた。

平和に対する罪？　人道に対する罪？　そんな刑罰などいまだかつて存在してない。あなたがた戦勝国、覇権国が全て決めている。恥ずかしくないのか？

もし、本当に国際法というものがあるのなら、日本の各都市を焼夷弾で焼き尽くしたのはどうなのか？　沖縄の地上戦の民間人犠牲者は？　わざと日本を降伏させずに長引かせて、次世代の兵器であり一大産業と見込まれた原子力産業のために行った広島、長崎の原爆実験はどうなのか？　被害者はほとんどが高齢者と婦女子、赤ちゃんである。こういうのを人道に対する罪というのではないか？」

彼女は真剣な表情で、頷きながら聞いていた。

「和平と降伏を求める日本を無視して、こんな酷いことをして……これこそ国際法違反ではないのか？　8月15日に日本が降伏したのを見計らって、ソ連は北海道を占領するために侵攻してきた。ソ連兵を運んだのはアメリカではないか！　武装解除した日本兵を何年もシベリアへ抑留させせているソ連はどうなんだ？」

と訴えた。そして、

「そもそも戦争がやりたくてしょうがなかったのは、あなたがたアメリカだろう」

とも。彼女は、

「100パーセント同意します……」

と静かに答えた。そして、

「日本は軍事独裁国家でも侵略国家でも何でもありません、むしろそれはアメリカです」

とも語った。

この人はわたしが戦後渡り合ったGHQの中で初めて会った、世界を、人類を公平に見ることのできる深い世界観、歴史観の持ち主であり、魂の美しい人だった。

わたしにとってこのときが、人類の未来に希望を持つことができた瞬間だった。

その後、マッカーサーの政治顧問でもあり、日本の憲法にも深く関わり、対日理事会議長でもあったジョージ・アチソン公使とは何度もやり合った。諜報の世界にいたわたしにはマッカーサーも駒として使われているに過ぎないことがすぐに見抜けた。公使はマッカーサーの監視役でもあったのだ。これがアメリカという国家が一つではないこと、一筋縄ではいかないことの何よりの証左だった。

その裏には、アジアの国同士を憎しみ合うようにすること、日本を分断状態にしておくこと、いずれ再びアジアで戦争をおこしアジア人同士を戦わせて儲けようとする種を残すこと、日本人にそのことに気付かせないように洗脳する布石を打っていることをわたしは見抜いていた。

ジョージ・アチソン公使はわたしのことは騙せないと思ったのだろう。少しずつわたしに対する態度は変わってきた。

1947年8月、アチソン公使はワシントンへ戻るため東京を発った。エンジントラブルでグアムで乗り換え、ハワイのオアフを目指したが、墜落。遺体は見つからず、謎の死を遂げた。

わたしにはこの公使が殺された原因が推測できた。同時にこれからこの国を独立させようとする日本の要人たちが消されていくのではないだろうか?という嫌な予感がした。

この4年後、アメリカ上院の外交委員会で、マッカーサーは、

「日本の戦争は自衛戦争だった。彼らは共産主義の脅威に向き合っていたのだった」

と証言をした。

勝者が敗者を裁く

敗戦後、大陸から戻ったぼくは、列車の中でも走り出したい気持ちで真っ先に母のいる軽井沢へ向かった。

母たち外国籍の人間たちが住んでいた家の前に立って、

「ママー」

と叫ぶと、母が中から走って出てきた。帰ってこないものと思っていた母は、ぼろぼろの軍服を纏ってリュックを背負って戻ってきたぼくを、声を上げて泣きながら抱きしめてくれた。その夜は、母のぬくもりの中で久しぶりにゆっくり眠ることができ、翌朝は入隊前に母と行った神社へお礼参りに行った。

少しはゆっくりできるのかと思っていたのだけど、大忙しだった。英語ができることでいろいろな仕事が舞い込んできた。そのこともあり、母と共に東京へ移り住むことになった。

ちょうど、東京裁判も始まった。これは勝った国が負けた国を裁くという見せしめ裁判だった。

形式的には裁判という形をしているが、それはそれは酷いものだった。ぼくは英語がわかるので、その裁判自体が近代国家、成熟した文明の人々がやることではないことはすぐにわかった。最初からシナリオが出来上がっていた裁判の中で、一人だけ「日本の無罪」を主張してくれたのはインドのパール判事だった。

鬼畜米英だったぼくの顔は、敗戦後はヒーローへと変貌し、人生でかつてないほどにモテモテになり、いろんな会議の通訳の仕事もした。ぼくが元日本兵だったことを知ると、駐留する黒人米兵からは、

「日本がパールハーバーを攻撃したとき、俺たち黒人は飛び上がって喜んだんだよ。日本人が俺たちの仇をとってくれた！ってな」

なんて言われたこともあった。

浦壁さんが、東京裁判で処刑される戦犯とされた人たちの中で、こんな裁判で裁かれるくらいなら自ら命を絶つと考えていた人たちのために、巣鴨に住んで、青酸カリを用意し

ていたのを知ったのは裁判の途中だった。

なんだかんだと忙しく、電話で話すことはあったものの、直に巣鴨の浦壁さんの家を訪ねることができたのは、東京裁判が終わってから2年後、ある寒い冬の日、靖国神社へ慰霊に参拝してからだった。

浦壁さん宅に着いたとき、入口から眼鏡をかけた男が出ていくところですれ違った。

「おー、きみか？　よく来てくれたね、ありがとう。満洲では世話になったな」

「ご無沙汰しておりました……先ほどの方は？」

「ああ、安岡正篤さんだよ、陽明学者の」

「ええ？　耐えがたきを耐え？　終戦の詔勅を考えられた方ですか？」

「ああ……まあ、上がってくれ」

浦壁さんの家は木造の平屋で、入ると正面奥に明治天皇から下賜されたという軍服が吊るされていた。時計があるのだけど、動いてない。浦壁さんにとって、敗戦後の日本はそのまま時間が止まっているのだろう。

あのときと変わらない浦壁さんと握手したら、ぼくの瞳から言葉に表せない涙がこぼれた。

お世辞にもきれいとは言えない木造平屋の中へ通された。お互いに座り、浦壁さんがお茶を用意してくれた。

「早く独立をしないと、この国のこどもたちが、未来が駄目になってしまう」

第一声がこれだった。

「その通りですよ、浦壁先生。この国はもう誇りも自尊心も自己肯定感も全て破壊されてしまいました」

ぼくはかつての上官を先生と呼んだ。

「わたしも幣原さんには言ったんだ。表向きアメリカの植民地政府の総理大臣としてうまく立ち回ってくれ、わたしが大日本帝国残存政府の総理大臣として日本を必ず独立させる、早く自主防衛しなければだめだとね」

さすが浦壁さんはGHQにも一歩も引かず、ミスターを付けて呼ばれた数少ない日本人の一人だった。

本当は兵役を逃れたくせに、負けるのを見越してからどういうわけか政府にのこのこ現れ、格好ばかりつけてGHQからミスターを付けて呼ばれていたと自慢げに話す人間もいたことをぼくは知っている。

戦時中はソ連やアメリカに情報を提供していたような人たちが、政財界では愛国者であるかのような顔をして、幅を利かせていた人がいたことも知っている。戦争中は鬼畜米英を叫んでいたのに、敗戦後は態度が豹変した日本人もたくさんいた。

ぼくは死んでいった戦友たちのこと、戦死した友人たちのお母さんの気持ちを思うとあまりにも惨めで、怒りすら込み上げてくることがよくあった。

浦壁さんの瞳はあの頃と変わらないまま鋭く、そして燃えていた。

「この前、千葉の多田駿陸軍大将のご自宅を訪ねたよ」

「そうだったんですか……ことごとく陸軍は悪者にされてしまいましたね」

「ああ、真珠湾攻撃をやらかしたのは海軍なんだがな。戦争に負けるとはこういうことなんだな」

「A級戦犯はほとんど陸軍ですよ」

「海軍の山本五十六さんもまさかアメリカが日本に原爆投下するほど残忍だとは思ってなかったんだろう……どうだ、一杯やらんかね？　たいしたつまみはないが」

「えっ、はい、ありがとうございます」

浦壁さんと飲む酒は格別の美味しさで、その透徹した世界を見る目から出る話は、他では聞けないことばかりだった。裕仁陛下からも意見を求められることもあって、戦後のぼくの人生にとってもっとも大切な時間となった。

「今や新聞もテレビも、こぞって日本を貶めている。知識人とか言われる人間が先頭に立って日本の全てを悪く言っている。あんな連中が知識人なんて言われているんだから、驚くよ」

「そうですね、学校教育なんて酷いものですよ」

「そうか……たまたま世界がアメリカとソ連の対立構造にシフトしたから奇跡的に平和な状態が生まれただけだということがわからんのかね?」

「いや、無理みたいですよ。アメリカがこれで静かにしていろと押し付けた憲法を平和憲法と呼んで、人類史上最高の憲法をいただいたとありがたがっています。それを拝んでいれば平和が守られると信じ込んでいるんですよ。原爆を落とされたのも自分たちが悪かった、侵略戦争をやったからだって」

「ええ? 侵略戦争? 何ということだ!? それが未来のこどもたちの平和を破壊する教育になっていくことがわからんのだろうか……。こんなことになるのなら、ソ連にでも占領されて共産主義の恐怖政治で自由を失ってまともに飯も食えないくらいの痛い目にあった方が良かったのかもしれん……」

キュウリと大根の漬物をつまみながらの日本酒が浦壁さんの感情を益々吐き出させた。

「何しろ」

コップ酒を一杯あおって浦壁さんは続けた。

「世界では9月3日が第二次大戦の終了とされている。8月15日に日本が武装解除して降伏したのを見越してソ連が侵攻してきたんだ。あのとき樋口中将がいらっしゃらなければ、北海道は今頃ソ連だったよ……」

「国連がそうするのは、ソ連の日本侵攻が敗戦後となっては都合が悪いから9月3日を戦争の終わりとしたんですね、自分たちの非道を隠すために……。樋口中将とは満洲におられた、ユダヤ難民を救った樋口季一郎陸軍中将ですか？」

「ああ、そうだ。日本政府の基本方針は人種差別をしないということだ。それは日本が国際社会へ取り込まれてから、第一次大戦の頃から一貫して変わらない基本方針だった。ユダヤ難民を救うのは当然と考えていたのだ。同盟国ドイツからは猛烈抗議があったらしいけどな」

「そうだったんですね」

「それにしても、文官とされる杉原千畝さんは脚光を浴びているようだけど……樋口中将のような日本の陸軍軍人が立派な人道主義者だったというのはGHQからすれば都合が悪いのだろう……。アメリカ、イギリスとソ連は日本を分断統治するつもりだったのだ」

酒が進むにつれ、浦壁さんもジョークを交えるようになった。

「裁判では、石原莞爾さんが『日本を裁くなら、ペリー提督を呼んでこい。おまえたちがやってきて開国を迫らなければ、日本は今でも平和だったのだ』と言ったそうだよ」

「あはは、さすがですね」

「そうだ、きみは座禅はやったことがあるか？」

「いえ、ないです」

「そうか、わたしが北京にいたとき、満洲の政治家や軍人、満鉄の人たちと座禅会をやっていたんだよ。当時の北支方面軍司令部にいた多田駿陸軍大将の発案でね。わたしも誘われてやっていたんだ……。静岡の三島に山本玄峰老師という禅僧がいてね、終戦工作を進めた鈴木貫太郎元総理に『負けっぷりのいいのが大関だ、アメリカは横綱だ。日本は大関なのだから早く敗戦を』ということと、『陛下と皇室は日本の象徴なのだから戦争責任とは切り離して和平交渉をせよ』と提言したんだ。その方の下で修行しておられた田中清玄さんという方がいる」

「田中清玄さん？」

「ああ、その方が都内でも座禅をやっていてね、わたしもお誘いいただいたことがある。田中さんは今日本の独自エネルギー確保のために頑張っておられて、日本再興の志のある方だ。ヨーロッパの王室の方々と親交のある方だよ」

「そうなんですね」

「日本が独自外交で石油を得ようとすれば、必ずアメリカが邪魔してくるだろう。何かあればまたきみの助けが必要になることがあるかもしれん」

「ええ、そのときは喜んで」


夕方から飲み始めて、気が付くとかなり遅くなっていた。

「そろそろ、帰りますよ。また来ます……」

「そうか、いずれインドネシアへ行くことになっている……当時、満洲からインドネシアへ転戦して敗戦後も残って独立義勇軍に入った日本人の会もあってね」

「本当ですか?!　ぼくの戦友でインドネシアへ転戦した人間もいるんです。帰ってきていません。もしかすると国立英雄墓地で眠っているのかもしれません、是非ぼくの代わりに」

「ああ、もちろん、そこへは必ず行く予定だよ……」

「田島という男です、二等兵でした。ありがとうございます」

靴を履いて玄関を出る前に、自然と敬礼をした。

「浦壁先生……ぼくは、日本兵だったことを、一兵卒だったことを誇りに思っています。今でも、そしてこれからも」

浦壁さんは黙って頷いてくれた。

エメラルドのネックレス

オーストラリアとフィリピンの間に位置する島国、神々から託された豊富な資源を持つその美しい緑の島々は、西洋人から〝エメラルドのネックレス〟と呼ばれていた。

ポルトガル、スペイン、オランダ、イギリス、フランスがこの地の争奪戦を繰り広げた挙句、オランダが後のインドネシアを支配したのは１５９０年くらいから。それ以来３００年近く植民地として搾取と弾圧をされ続けた。

狡猾なイギリスの植民地支配と同じように、少数民族と混血児を登用し特権を与え、民族を分断させ戦わせ、一つにまとまらない政策をとった。また、経済活動は華僑に牛耳らせ、自分たちは別荘を建て、この星の他の地域と同じように民族同士が憎しみ合うように仕向け、自分たちは奴隷とは違う支配者であり、別次元の人種であり、高度なモラルと崇高な宗教を持つ、〝異星人〟になりすました。

異星人たちは、インドネシア人たちが反乱することを恐れ、一切の集会と団体行動を禁じ、3人のインドネシア人が路上で会話することすら許さず、また統一した標準語を作らせなかった。

「インドネシアに独立運動のきっかけを作ったのは、日本の日露戦争での勝利だったんです。その三年後に産声を上げた独立運動は少しずつその歩みを始めました。

インドネシアには、日本の〝八岐大蛇、因幡の白兎、竹取物語〟などにそっくりな神話がいろいろな地域にありました。独立の夢を持って何回も立ち上がり、その度にオランダに虐殺されてきたインドネシアの民衆には、やがてこの国にはいつの間にか〝ある日、白馬に乗った英雄が率いる神々の兵がやってきて、わたしたちを助けて独立へと導いてくれる〟という話が夢物語として信じられてきました。

そして1942年、日本軍がジャワ島にやってきたとき、ブンデラ・メラ・プティという独立インドネシアの国旗を掲げ、独立インドネシアの国歌となったラヤの歌をラジオ放送してくれたんです。疾風のごとくやってきた日本軍はオランダ軍を10日間で降伏させてしまいました。それを見たインドネシア民衆は歓喜し、そして日本の味方になったんです。日本の軍人たちは、現地青年たちに独立のための教育と訓練をしてくれました。

日本は、インドネシアの独立を支援することを宣言し、オランダ語を禁止しました。200を超える種族が1万近く点在する島々に住む自分たちに、自分たちの言葉で会話ができるようにとインドネシア語を普及させることを勧めてくれたのです。民族の言葉を奪われることは魂を奪われることに等しいのです。インドネシアはオランダによって魂を奪われました。しかしそれを日本軍が取り戻してくれたのです。スマトラ島のパレンバンに日本の落下傘部隊が降下してきて、オランダ守備隊をあっという間に制圧してくれたとき、わたしたちの祖先は本当に空から神々が舞い降りてきてくれたと涙したんです。あのときの日本の兵士たちはすごかったって、本当に神々の軍隊でしたって」

インドネシア義勇軍の人たちで組織する戦友会のお子さんたちのグループが迎えに来てくれた。マウラーナくんという青年がその想いを一生懸命語ってくれた。

「浦壁先生、本当によくインドネシアへ来てくださいました」

運転しながら話してくれるマウラーナくん。バックミラーに映る瞳が宝石のように輝いていた。それを見ているだけで、わたしの胸が熱くなった。

「いや、こちらこそありがとうございました。きみのような若者がいることに感謝するし、感動するよ」

南ジャカルタ市にある国立追悼施設には、インドネシア独立戦争で戦死した兵士たちが埋葬されており、カリバタ英雄墓地が知られている。他にも何カ所かあり、ここに埋葬されることは、インドネシア最高の栄誉とされている。

石油などの資源を日本へ輸入する道筋をつけるインドネシア政府との秘密裡の話し合いを終えた後、わたしは英雄墓地へ向かった。

カリバタ英雄墓地には遺体が確認できた日本兵27名がインドネシア独立の英雄として埋葬され、戦死はわかっていても名前の不明な日本兵たちは、無名戦士として眠っている。

わたしは訪れた全ての墓地に献花をし、日本兵の墓碑全てに日本酒を捧げた。残念ながら青木の戦友の田島の名前は見つからなかった。

「わたしたち、日本人の血を引く者と日本兵への感謝を忘れていないインドネシア人たちは、今でも日本兵の遺骨収集をしています」

「本当にありがとう……。きみのような若者がいる限り、インドネシアの未来は明るい」

「浦壁先生、それにしてもどうしてここへ訪れる日本人が少ないのでしょうか？　政治家もあまり来ないのです。独立を助けた日本兵たちは英雄として尊敬されています。まるで日本人はそれを忘れてしまっているかのようです」

「うむ……そうか、忘れているというより、知らないのだよ……。日本の経済援助の方はどうかね？」

「残念ながら、日本の経済援助は一部の勢力に吸い取られているのが現実です。むしろ貧しい暮らしにありながらインドネシア人たらんとしている元日本兵たちを支援してほしいくらいですよ、是非日本政府に伝えてください」

「ああ、そうする、伝えよう……」

「浦壁先生、インドネシアを訪れる日本人は、まるでバリ島への観光しか知らないようで、ぼくは誇り高い日本人のイメージを持って生きてきたのですが、悲しいです」

「マウラーナくん……実はね、大変恥ずかしいのだが、戦後、日本人は変わってしまったんだよ」

「えっ、どういうことですか？」

わたしは、戦後日本がGHQにより誇りや自尊心が奪われてしまったこと、洗脳されていることに気が付かないのが戦後の日本人であること、マウラーナくんが抱いている日本人像は遠い過去の夢物語のような世界になってしまっていることを話した。

「浦壁先生、これはマレーシアの友人が教えてくれた話です。日本のメディアが、日本兵がマレーシアでたくさん人を殺したに違いないと決めつけて取材に来るのだそうです」

「うーん、そうかそこまで」

「マレーシアでは、日本兵は赤ちゃんを放り投げて銃剣で突き刺した。シンガポールでは華僑を大虐殺したと言われているそうです」

「理由もなく日本兵がそこまで残虐なことをすると思うかね？　赤ん坊を放り投げ突き刺すというのはドストエフスキーの小説に出てくる話を使っているんだろう」

「そうなんですね……マレーシアのある政治家がこういうことを言っています。

『わたしたちアジアの国々は日本があの大東亜戦争を戦ってくれたから独立できました。長い間アジアを植民地としていた西欧の人たちを追い払い、とても白人には勝てないとあきらめていたアジアの民衆に感動と自信を与えてくれました。自分たちの母なる国を自分たちの国にしようという心を目覚めさせてくれました。わたしたちはマレー半島を進撃する日本軍に歓呼の声を上げました。逃げ出す英軍を見て今まで感じたことないほどに興奮しました。しかもその後日本軍は、植民地とせずに将来の独立と発展のためにそれぞれの言葉を話すようにしてくれ、教育もしてくれました。わたしもそのとき、日本人から教育と訓練を受けた一人です。今の日本人がアジアへの関心を失っていることを残念に思います。今の若い日本人たちに歴史の真実に向き合ってほしいと思います……』と」

わたしは静かに聞いていた。

「それから、クアラルンプールには日本人墓地があるそうなんですが、訪れる人も少なく荒涼としているそうです。日本人墓地の前にはイギリス、オーストラリアの墓地があるそうです。他にも中国、インドの墓地もあり、それぞれの国の観光客は必ずお参りしているそうです。日本のビジネスパーソンや観光客に見向きもされず朽ちていくのを見ていると可哀そうだと言ってました。マハティールさんのルックイースト政策は、日本に対する限りない敬意と感謝の表れなんですけどね……」

運転しながら話すマウラーナくんは寂しげだった。

「わたしはね、戦後日本人に真実に向き合ってほしいと思っている。日本を独立させることに残りの人生の全てを懸けている。必ず日本人に誇りを取り戻させるよ……。どうだ、もう明日は帰るだけだし、今夜一杯やらんか？　きみにお礼がしたい」

「はい！　ありがとうございます」

翌日、空港まで見送りに来てくれたマウラーナくんが、別れ際にあるものを渡してきた。

「浦壁先生、これは亡き父が持っていたものなんです。日本兵のものらしいです。先生に託します」

渡されたのは、日本兵の遺留品の入った袋だった。

「軍人の残したものだな、確かに預かるよ」

「はい」

「ありがとう」

「浦壁先生、ぼくの夢は日本へ留学することでした。でも残念ながらうちは財政的に無理でした。国費留学生の試験にも合格できなかった……でもいつの日か日本の桜を見たいです、必ず」

「ああ、その日を待っているよ。いや、わたしが招待しよう」

「オカアサン、ヤスクニデマッテル」

マウラーナくんが敬礼してそう言った。

「えっ？」

「オカアサン、ヤスクニデマッテル。そう言ってたくさんの若い日本兵は死んでいったそうです。そしてサクラの花を恋しがっていたそうです。桜の季節に靖国に逢いに来てくれって言って、みんなそう言って死んでいったそうですね。彼らはインドネシア独立と引き換えにその命を捧げてくれました」

涙ぐみながら語るこの青年、戦後日本人が失ったものが、このもう一つの南の祖国に生きる青年の魂に、その瞳に宿っていた。それはエメラルドとは比較にならぬほどに美しい輝きだった。

マウラーナくんと握手をして別れて、搭乗を待っていたときに、渡された遺留品を覗くと、その中に軍隊手帳があった。それを開いてみると満洲から香港、マレーシア、シンガポール、インドネシアへ転戦していった記録が残されていた。そしてその名前を見てわたしは驚いて日本へ電話をかけた。

「青木、わたしだ」

「ああ、先生、どうされました？」

「今、インドネシアの空港だ、これから帰る」

「ああ、そうでしたね、どうですか？　資源確保の裏交渉は？」

「ああ、空の神兵舞い降りるだよ」

「ええっ、どうしたんですか？」
「青木二等兵、貴様の戦友、田島信男の骨の代わりに遺品を持って帰る。待っていろ」

〝日本はアジア諸国民族の目の前で、彼らがとてもかなわないと思っていた欧米軍を一挙に撃破した。とても独立の意志も能力もないと思っていた植民地民族を、短期間に組織し訓練をし、愛国心を芽生えさせ、軍事力も行政力も変貌させた。このことは当時の連合国の誰も予想できないことだった。日本軍は敗戦すると、武器をインドネシア軍に渡しインドネシア独立へと導いた。このことは永く語り継がれるだろう〟

元大英帝国海軍将校

カレー

「ああ、こちらはインドから来たムンダくんだ」

「初めまして、青木義男です」

久しぶりに巣鴨の浦壁宅を訪ねた青木には、先客がいた。

「銀座のインド料理の店は知っているか？　きみは防共回廊という日本陸軍の作戦のことは知っていたか？」

「防共回廊？　ですか？　いえ、知りませんでした」

「ああ、そうだったか。イギリスからインド独立を目指して日本に来ていたA・M・ナイルというインド独立運動家が創業した店があるんだ。後に彼は満洲国へ渡った」

「そうだったんですか？　ぼくの知らないことも日本はいろいろやってたんですね」

「ああ、当時は共産主義というものがよくわからなかったので、インドやイスラム圏諸国とも仲良くして、それを防ごうとした。その作戦が防共回廊だ」

「イスラム諸国とも？」

「ああ、そうだ。満洲建国大学ってあっただろう。京都大学を卒業したA・M・ナイルは客員教授となった。そこでもイスラムの講座を開いていたし、共産主義がどういうものかわからなかったから、それを学ぶために共産革命家のトロツキーを招こうとしたのだ。アメリカから見た中国大陸を知るために、『大地』を書いてノーベル文学賞を受賞した女流作家パール・バックもそうだ。人種差別に立ち向かっているインドのガンジーも教授として招聘予定だったのだ」

「われわれインド人にとっても日本は国際社会の大切な友人です」

とインドから来た客人が言った。

インドとの友好関係、経済関係促進の協力にあたっての相談が浦壁にあり、やってきたのがムンダだった。

「来日するインドの団体のことで浦壁先生にご相談に来ました、ムンダです。よろしくお願いします」

青木とムンダは握手をした。

「浦壁先生からご助言いただき、インドの代表団を新宿中村屋さんへ連れていくことにしました。イギリスからの独立を目指して日本へ亡命したラス・ビハリ・ボースをかくまって応援し続けたその店と、そのお礼にカレーを提供したボース。中村屋さんの社長令嬢とボースの恋から、そのカレーは恋と革命の味と言われました」

「そうだったんですね」

初めて聞く話に青木は驚いた。

「青木さんは、そのー」

「英名はハリーです、イギリス人と日本人のハーフです。でも安心してください。これでも元大日本帝国陸軍二等兵、そして浦壁機関の諜報部員ですから」

褐色の肌をベージュのスーツでつつんだムンダは今後の日印関係の希望を熱く語り始めた。

「きっと全員が涙を流しながら日本のカレーを食べることになります。日本のおかげで今のインドがあること、それをわたしたちは忘れてはおりません」

「日本人としてそんな嬉しいことはないね」

「日本がマレー半島を進み、イギリスをマレーシアから追い出したとき、マレー半島には80万人近いインド兵がイギリスの植民地の兵隊として駐屯していました。インド兵は日本軍の指揮下になったわけですが、インド兵はどんな酷い目に遭わされるのかと思っていたところ、日本軍の将校も兵隊も全員が朝昼晩の食事をインド兵と一緒のテーブルに座り、同じものを食べたのです。それはイギリス兵にはあり得ないことで、インド兵は大いに感激しました。そして〝一緒にインド独立のために戦おう、インドはきみたちの母なる国だろう？　それを取り戻せよ〟と呼びかけてくれました」

「そうでしたか」

青木は拳を握りしめながら聞いていた。

「日本兵は、わたしたちインド人を同じ人間として向き合ってくれたのです。それから〝ジャーヒン・キー　インド独立万歳〟という合言葉が交わされ、インド独立旗とインド民族よ目覚めよのポスターがマレーシアから全アジアに広がっていき、チャロー・デリー（デリー：インドの首都）〝デリーを目指せ〟の大合唱がマレー半島からインドへ響き渡っていったのです。インドが独立できたのは、ガンジーやネルーのおかげだけではありません。彼らが独立の父なら、インド独立の母は、忘れ去られた名もなき日本兵たちなのです、彼らが命を懸けてインド独立を支援してくれたからだということを多くのインド人はわかっているのです。だから日本が大好きなんです」

大きな瞳を輝かせて語った。

「ああ、ついついわたしが話し過ぎました。わたしは先に失礼します。ハリーさん、いや青木さん、これからもよろしくお願いします」

「こちらこそ、何か戦友に会ったような気がします」

立ち上がって、ムンダは玄関を出た。見送る浦壁と青木を前に振り返ったムンダは、

「ボースは、インド独立を見ぬまま1945年に亡くなりました。ボースと俊子夫人の間に生まれた防須正秀中尉は、沖縄を護るために出撃しました。父親の危篤の報を沖縄で聞き東京へ。父親ボースの最期を看取ってから、激戦の沖縄へ再び引き返して戦死したんです。彼は沖縄を何としても護りたかったのです……。あっ、それから、これを預かっていただきたいので、お願いします」

と言ってムンダが鞄から出してきたのは、スケッチブックだった。

「これは？」

「ぼくの友人が渡してくれたものです。今回日本へ行き、浦壁先生にお目にかかることを伝えたら、その友人がこれを是非と言って送ってくれました。その友人の父親がインド独立軍兵士だったのですが、マレーシアで戦死した日本兵から預かったものだそうです。このスケッチブックの行くべきところを浦壁先生に託します」

ムンダは真夏の東京の暑さをはるかに凌駕する熱い志と共に去っていった。

「これからこの国に生まれるこどもたちにああいう瞳を取り戻したい……」

スケッチブックを受け取った浦壁は寂しげに呟いた。

「先生、一杯やりましょう」

「そうだな……飲もうか」

「さあ、どうぞ」

青木は冷えたビール瓶を傾けた。

二人の会話に鈴虫の声が割って入ってきた。

「先生、鈴虫を飼っているんですね、なんか嬉しいです」

「ああ、鈴虫が一緒に暮らしてくれていると思うと、少しは寂しくなくなるよ、あはは」

「先生は、ご結婚はされないのですか？　先生の魂を継ぐお子さんも……」

「俺のようないつ殺されるかわからんような男じゃ、妻もこどもも可哀そうだろ」

「た、たしかに、そうですね」

「泊まっていって構わんぞ、ゆっくり飲もう」

その日も二人は遅くまで飲み明かした。

お酒がほどよく回った浦壁は、『征け征けデリーへ』という、インド人がイギリスからの独立を目指し、マレーシアからインド本国を目指し大合唱した行進曲を口ずさみ始めた。

〝征け征けデリーへ母の大地へ　いざや征かんいざ祖国目指して
征け征けデリーへ母の大地へ　いざや征かんいざ祖国目指して
進軍の歌は今ぞ高鳴る　我等の勇士よ眦《まなじり》あげて　見よ翻るよ独立の旗
征け征けデリーへ母の大地へ　いざや征かんいざ祖国目指して
征け征けデリーへ母の大地へ　いざや征かんいざ祖国目指して
聞かずやあの声自由の叫び　屍踏み越え征けよ強者　赤き血潮もてわが旗染めん
征け征けデリーへ母の大地へ　いざや征かんいざ祖国目指して〟

（『世界から見た大東亜戦争』より引用）

「結局なぁ青木、彼ら支配層は日本、朝鮮半島、中国大陸からインド、それと太平洋の島国たちが手を繋ぐことを何としても邪魔したかったのだよ。あくまで自分たちが分断支配して搾取する、そのために憎しみ合い戦わせる構造を作っていったんだ」

そう言って浦壁は眠りについた。

青木は夜中にトイレに起きた。浦壁は奥の部屋で高いびきだった。ふと、ムンダが差し出したスケッチブックのことを思い出し、明かりを点けて一枚ずつめくった……めくるたびに鳥肌がたち、手が震えた。

どこか見覚えのあるような絵、南国の椰子の木、空と雲、美しく見えるものだけを美しく書こうとしていた。最後は女性……きっと思い続けた好きな女の子だろう。

「あいつらしい」

涙をこぼしながら青木はそのスケッチブックを抱きしめた。

〝お母さん……お母さん、逢いたいよ。

怖いよ……お母さん、ここで死にたくない……助けて。

お母さん……久保亜紀彦〟

ポッポッポ

戦後32年を経た1977年9月の穏やかな午後、太平洋のアメリカ軍空母ミッドウェーに向かう戦闘機がエンジン火災を起こした。

搭乗員2名はパラシュートで脱出、海上自衛隊のヘリコプターに収容され無事帰還した。制御を失い火だるまとなった機体は、横浜市青葉区の住宅街に墜落、周囲の20戸の家屋を炎上、全半壊させた。

米軍関係者は日米地位協定を盾に現場の人を締め出し、エンジンなどを回収。このとき笑顔でピースサインをして記念撮影をする米軍兵士もいた……。

一般市民9名が負傷、そのうち2名は乳幼児の兄弟だった。

全身やけどを負った幼い兄弟……。

3歳の兄は〝バイバイ〟の言葉を残し、そして1歳の弟は〝ポッ、ポッ、ポー〟と鳩ポッポの歌を口ずさみながら息を引き取った。

全身やけどを負った母親は、50回を超える皮膚移植手術を繰り返し長期の入院……。

何としても我が子に会うために命を繋ぎとめていた。


「だから早く自主憲法を制定して、自分たちのこどもは自分たちが護りますという普通の国にしなければならなかったのに」

報道を聞きながら浦壁は忸怩たる思いを抱いていた。

ちょうど幣原内閣時代、官房付の事務官として浦壁を手伝ってくれていた天宮がこどもを連れて来ていた。

「こんな酷いことが……先生、いまだに独立ならずですね」

と天宮もこぼした。

「学校では国旗を掲揚しないとか、国歌を歌わないなんてこともあると聞いたよ」

「そうですね、すっかり日本を貶める教育が正しいことのようにされています」

ちょうどそこへ青木がやってきた。

「15年以上前に沖縄でアメリカの戦闘機が墜落したときは11人の児童が亡くなって……またですよ、先生」

堰を切って話し出した青木。

「まったくだ。また例によってこれをまるで日本政府の責任であるかのように世論を誘導している。根本は全く違うところにあるんだがな……。ああ、こちらは天宮くんだ」

「初めまして、青木です」

「天宮くんは元近衛師団だ。戦後内閣にいたときに手伝ってもらっていた」

「そうですか、わたしは大陸にいた二等兵兼浦壁機関の諜報部員でした。ハーフなので顔は鬼畜米英ですけど」

「わたしは肺を患って、今は地方で静かに暮らしています、今日は浦壁先生にご挨拶に参りました。……これから九段へ、靖国の戦友たちに逢いに行こうと思っています」

「そうなんですね。ぼくは今行ってきたところです。そうそう、ジョン・レノンと奥さん、オノ・ヨーコさんがいましたよ」

「あのビートルズの？」

浦壁も天宮も驚いた顔で青木を見た。

「ええ、そうでした。ぼくはビートルズの歌は好きだし、声かけちゃいましたよ。靖国へは何度か来ているそうですよ……」

「ほう、そうなのか」

「ジョンはベトナム戦争に反対していますし、アメリカが仕かける戦争のことはわかっているみたいでしたよ」

「へえ、本当か?!　生きる時代も世界も違っても、慧眼を持つ人にはわかるのかもしれないな……。しかし、有史以来この国には、外国の軍隊が駐留したことは一度もなかったのだ。それを許している今を恥ずかしいと思う国民が何人いるだろうか？　靖国に眠る英霊たちがこの事件を見たらどう思うだろうか……泣いているよ、間違いなく」

という浦壁の言葉を聞いてから、天宮はこどもを連れて一足先に巣鴨を去り九段へ向かった。


浦壁と話している間でもいろいろな人から電話がひっきりなしにかかってくる。

「ああ、聞いていたよ……きみは今の日本が独立国と思うかね？」

「……」

「そうか、まあいいでしょう、会いましょう。では、その日午後1時に待っていますよ」

そう言って電話を切った。

「いろんな人が意見を聞きたいと言ってくるんだが、まず今の質問をすることにしてるんだ。それで、〝えっ、独立国ではないのですか？〟と答えるような人間とは会わないことにしているんだ、時間の無駄だからね」

「あはは、そうですか」

「実は、だいぶ前の話だが、鳩山一郎さんは半独立国ですと答えてくれたよ」

と笑いながらお茶をすすった。

政財界の人たちからかかってくる電話では容赦なく叱りつけたりしていた。やっぱりあの戦争をくぐり抜けた人間は違う。浦壁の存在する空間だけは独特の空気に包まれていて、青木も勇気をもらえた。

「確かお嬢さんがいたね？　名前はヨーコさんじゃなかったかな？」

「はい、中学生になっています」

「そうか、きみのお嬢さんじゃ、美人さんだろう……」

「いやいや、まあ、英語は大丈夫なので、客室乗務員になりたいと言っています」

「そうか、きみのお嬢さんがね。平和な世界を飛び回る時代になる日が来るといいね」

「はい、でも妻のもともとの出身が長崎なので、そっちの影響を受けてしまっていて大変ですよ。わたしの話には聞く耳を持っていないといいますか……戦争反対、憲法第9条を次世代に、日本は悪……今のところ戦後洗脳教育から覚めていません」

「そうか……憲法だけ残って日本がなくなって未来のこどもたちがいなくなったらどうするんだろうな？　……哀しいかな、それが今の日本の現実なのかもしれんな」

「あの……天宮さんって、ぼくはどこかで……？」

「いや、どうだろう、ないだろうなぁ」

「たしか、大陸で、開封で……陸軍病院へ行ったときに」

「おお、そうだったな、そうだそうだ。彼は天宮曹長の甥だよ」

「天宮曹長はあの後どうなったのですか？」

「広島の陸軍病院にしばらく入院してから東京第二陸軍病院で亡くなった。わたしが日本へ戻る前だ」

「そうだったのですか、残念でしたね。……第二陸軍病院？　世田谷の？」

「ああ、今は国立小児病院だ」

「どうりで、どこか面影がありますね。それにあのお子さんの瞳が……何か懐かしい気がしましたよ」

米軍機の横浜墜落から2年後の1980年12月8日、日米開戦から35年後の同じ日にジョン・レノンはニューヨークのダコタハウスで凶弾に倒れた。

この米軍機の横浜墜落から1年後、隠されていた二人の愛児の死が母親に知らされた。一時的に身体は回復したものの、精神的ダメージは計り知れず、半強制的に精神科へ移されることになった。

そしてその3年後、

「二人の子をもう一度抱きしめたかった」

そう泣き叫びながらこの母親は亡くなった……。

志半ば

パプアニューギニア、ソロモン諸島周辺ではおよそ20万人の日本兵が戦死した。ラバウル、ポートモレスビー、ガダルカナルなどの地名が知られている。このあたりではアメリカ・オーストラリア連合軍と向き合った。日本の空母と航空隊が健在のうちはまだ良かったが、ミッドウェーで空母4隻を失ってからは、制空権、制海権を失い、弾薬、物資と食料の補給路を断たれ、撤退を余儀なくされていった。

ニューギニア戦没者の碑とラバウル平和記念碑の法要、南太平洋戦没者の慰霊事業に参加した浦壁は、マレーシアのクアラルンプールの日本人墓地に墓参してから乗り換え、東京へ向かう機上にいた。

少し眠ろうと思ってスコッチを頼んだ。運んでくれたＣＡがどこか見覚えがあるような気がした。まさか?と思ったが気になったので尋ねた。

「あの、間違いでしたらすみません。青木義男さん、ダニエル・ハリーという方をご存じですか？」

「えっ、あ、はい。父です」

「わたしは」

「もしかして、浦壁先生？」

「ああ、そうです」

「あらー」

「いや、名前がＮＡＲＡとなっていたから」

「そうですよね、わたし結婚してＮＡＲＡに。先生とご一緒できるなんて光栄だわ」

「そうだったね、こちらこそ……最後にお会いしたのはいつだったかなぁ」

「中学生くらいでしたでしょうか……わたし今は、シンガポールと香港を拠点にして、あとはフライトによってあちこち旅ガラスの生活をしております」

「そうですか、昔からＣＡになりたいとおっしゃっていたものね。夢を叶えたんですね、素晴らしい」

「ありがとうございます……先生、わたし正直なところ、こどもの頃は先生と父の話が全くわからなかったんです。でもね、海外から日本を眺めるようになってようやく気付き始めました。日本の歴史教育は間違っていますね！」

逆にこちらが驚くようなことをさらっと話す陽子に浦壁は苦笑いをした。

「先生、シャンパンをお持ちします。いずれ父とも一緒に食事しましょうね」

ハードな旅程で疲れる自分を感じていた浦壁だったが、久しぶりにいろいろなことを忘れる時間と空間を味わい、そしてよく眠れた。

帰国後、その翌日は別の慰霊の場に招かれていた。

「あなたがたは、立派にその使命を果たそうと最後まで尽くされました。その気高い高潔な生き様は、後世に永く伝え続けられねばなりません。

敗戦後、わたしが中国大陸を去ってから気がかりであったのは、皆さんがたがその後ご無事であったかということでした。看護師としての使命を果たすべく、敗戦後も大陸に残り、連合国、現在の国連の指示に従い、敵味方なく人々の命を救おうと献身された皆さん……。

奇しくもこの近くには、山下奉文陸軍将軍の墓碑があります。あちらの世界に行かれた皆さんの魂は、日本を護り抜くことができなかったことに無念の思いを抱く、山下将軍率いる将兵たちが、永遠に護り続けてくれるでしょう……どうかやすらかにお眠りください」

日本が敗戦した後、大陸に残った日本の看護師たちは、その後も連合国の指示に従い、負傷兵の救命活動を続けていた。

ソ連などの連合国は、日本の看護師たちに〝あそこへ何人送れ、あっちへは何人〟と指示を出し、日本が敗戦したとはいえ、こんなときこそ立派に職務を果たそうではないかと彼女たちは懸命に頑張った。

しかし、この健気な想いは恐ろしい暴力によって踏み躙られた。実際には多くの看護師たちはソ連兵の性奴隷にされていた。あるとき、そこから逃げ出した一人の看護師がそのことを告げてから亡くなる事件が起きた。それを聞いた30名近い看護師が、行き場のない絶望の運命に向き合い青酸カリを飲んで自ら命を絶った。

その慰霊の場で浦壁は挨拶をしたのだが、後にその挨拶は遺族から非難を浴びることになった。

「あんな戦争を引き起こし日本人を苦しめた日本軍人たちが、その犠牲となった魂を護るとは何事か？」

「あんな愛国右翼の狂ったじいさんに慰霊などされたくない」
「戦争犯罪人のいる靖国神社や護国神社なんかと一緒にしないでくれ」
「あの慰霊碑は平和のための慰霊碑であって、残忍な日本軍人たちと一緒にしないでほしい」

浦壁は自分の老いと日本の独立に命を懸けてきた自らの使命の限界を感じていた。そして、裕仁天皇陛下へ手紙を奉じた。

〝戦後、日本の滅亡を阻止し、曲がりなりにも国体を保持し得たのは、陛下の大御心と日本の不敗を信じ、お母さんと泣き叫び操縦かんを握りしめて征った兵士たち、俺たちが時間を稼ぐから必ず生き延びてくれと手榴弾を胸に抱いて敵戦車に潜り込んでいった兵士たち、こどもたちの安泰を祈って散華していった幾百万の英霊のご加護があったからであり、決して一部の政治家や官財界の所謂巨頭たちではございません。

日本の憲法がどう変わろうと依然として儘忠報国の一念に何物も求めず、悲憤の涙を呑んで祖国の再興を信じ、馬鹿者扱いされつつ、この世を去った無名の愛国者たちの陰の力があったからであります。

生き残りの真の愛国者は今や無頼漢暴力団であるかのごとき汚名を甘受しつつ、なお祖国日本の独立と再興を阻もうとする濁流に抵抗を続けています。こんなわたしのような馬鹿者どもの中にこそ、真の愛国者がいることを看過してはなりません……〟

また、親交のあった人たちに最後の別れの手紙を送る準備もした。

「もしもし、浦壁だ」

「こんばんは、先生、先日は娘と偶然……」

「ああ、そうなんだよ。立派になられたね、きみの魂を継承しているとすぐわかったよ」

「昔は先生のことを怖い人と思っていたらしいですけど、最近では、あんな格好いい日本人はいないとまで言っていますよ、10代20代ではわからないとも言っていました。ははは」

「そうか……あんな美人のＣＡさんにそう言われるとは、光栄だよ」

「先生、ところでどうされました？」

「うん……青木二等兵、貴様にわたしから最後の命令を下す」

「えっ？　は、はい」

青木は電話の向こうの空気が変わったのを感じて、無意識に気を付けの姿勢で背筋を伸ばし、受話器を持ち換えた。

「ご縁のあった方々へ手紙を用意した。玄関先へ置いておくからそれを貴様が代理で送っておいてくれ」

「はっ、はい」

「この国の独立は、後世に、貴様の孫の世代に託す。老兵も命運尽きた、俺は明日旅に出る。あとを頼む」

青木は受話器を置いてからその場で敬礼をした。天を仰いだその瞳に涙が溢れた。


大陸で同胞を護れなかったものとして、訪れなければいけない場所へ浦壁は向かっていた。福岡県筑紫野市の二日市保養所跡地、現在は済生会二日市病院となっている。

そこの裏庭には慰霊の小さな社と石碑がひっそりと置かれている。浦壁は持ってきた絵本やこどものおもちゃを置いて、生まれてくることを諦めざるを得なかった魂とその母親の哀しみに、目を閉じて手を合わせた。

ここでは博多港から運ばれた、大陸からの逃避行のときにソ連兵や匪賊に襲われ身ごもった女性たちの堕胎手術が行われた。その数は600を超えたと言われている。

「残念ながら、この世界に生まれようとする魂たちに、安心してこの国に生まれてきてくださいという国には日本はいまだになっていない。もし、もう一度この国に生まれようとすることを選んでくれたら、どうかこの国を独立へ導いてほしい……」

浦壁の母国の独立に捧げた一生はその夢叶わずして閉じることになった。

太平洋の波の下で

ほたる

「以前に前世療法、ヒプノセラピーを受けたことがありますか？」

「いえ、初めてです」

「そうですか？　どんなセッションをご希望ですか？　何かお悩みとか？」

白い壁の落ち着ける空間で、その女性のヒプノセラピストは穏やかに語りかけてきてくれた。今がそのときでは？と思ったわたしは、前世療法を受けることにした。

「はい、自分の直前の前世を確認しておきたくて」

「そうですか？　何か思い当たることがおありですか？」

「ええ、それと自分の人生のなぜ？が解けたらいいなぁと思って」

そのセラピストはわたしとの対話を通して、わたしが前世の扉を開けやすくするような空間を創り出してくれた。

「自分が考えていたことと違うことが見えてくることもあるんですか？」

「そうですね、そういうこともありますね」

「なんか、怖い気もするのですが……」

「大丈夫、何が出てきてもＯＫ！　全てをあなたの潜在意識に委ねればいいんですよ。安心して、楽しむ感じでいいんですよ」

「そうですか……わかりました」

「では楽な呼吸を、深呼吸でなくていいですよ。ゆったりとリラックスしてください」


気が付いたときには、いつの間にか、そのヒプノセラピストの世界観に包まれ、いったん空気のきれいな大自然へ降り立っていた。やがてわたしの潜在意識は何か階段を下りていくような感じで、前世の扉の前に立っていた。

そして、ヒプノセラピストにやさしく背中を押され、その扉を開けた。

とても暑い、暑苦しい中にいた。何人かの仲間と洞窟の中にいるような感じだった。

「南の島のような、とても暑いところ、暗い中に潜んでいるような」

「周りの様子はどうですか？　ゆっくりでいいですよ」

「……なんか外で音が聞こえてきました、なんかすごい音」

「どんな音が聞こえますか？」

「ああ、何かの爆音、爆発音のような」

それは南の島の戦場、ペリリュー島だった。迫ってくるアメリカ軍の砲撃を防空壕の中で凌いでいるところだった。前世はペリリュー島で戦死した母の大叔父だった。こどもの頃から南の島の海が好きだったのは、前世で戦闘が始まる前に見たきれいな海と魚たちの記憶だった。

「周りにどなたか、現在の亜美さんの人生で知り合いの方はいますか？」

「……？　よくわかりません」

「ゆっくりでいいですよ」

「ええ？　あ、でもどういうこと、上官のような人が何か言っているような」

「そうですか、その方、名前は浮かびますか？」

「小泉さん?!　ああ、でもなんか、〝ここではない〟みたいなことを……その上官みたいな人が『亜美が今見るべきは違う過去世だ、そっちへ行け。ここはもうわかっていただろう、大丈夫だ、行け！　勇気を持って……行くんだ！』と言っています」

「そうですか、あなたの潜在意識の望む通りにしましょう。あなたが決めていいのですよ」

よし、行こうと思った瞬間、時空が大きくねじれて移動したような感じになった。再び違う世界へ降り立とうとしている自分が意識できた。

辿り着いた世界では10歳くらいの女の子だった。とっても心地の良い調和の世界。

「どんな感じですか？」

「なんか、とっても平和です、すごく幸せです。はるか昔、太古の昔のような感じだけど、意識は近代的な世界に生きているような、不思議な感じです」

「周りの様子がわかったら、教えてください。住んでいる家とか、場所とか……」

「きれいな緑に覆われた美しい大地、そこで穏やかに幸せに暮らしています。全てが平和の中にある、そんな感じです」

「家族は？　周りの人々は？」

「父と母……兄もいます」

そこは、誰しもが神々の一部であるような世界だった。女神のような神官たちと、長老のような賢人たちが神殿に集まり、全てを崇高な叡智と愛と平和と調和で統べている。人々は尊重し合い、言葉を交わさなくても、意識の中でコミュニケーションができていた。

神々に抱かれているような幸せな世界だった。紀元前何年とか氷河期とかそんなことをはるかに超えた時代のようだった。その感覚をしばらく味わった後、

「では、その人生で次に起きた大きな出来事の場面へ移っていきましょうか？　どうしますか？」

と聞かれ、迷わず「はい」と答えた。

「ああ、何だか、怖い」

「どうしました？　何が起きていますか？　無理に表現しようとしなくてもいいですよ」

破壊と支配のエネルギーが迫っているような感じだった。自分たちとは真逆の考え方、大自然を科学で征服しようとする力が迫ってきていた。滅びが近づいている。正反対の物質文明至上主義のパワーが押し寄せてきて、自分たちの暮らしていた大地がその力で征服され、支配されそうになっている。

やがて、その大地が沈んでいくことがわかり、父をはじめ男性たちが戦士としての魂の鎧を着て、征服者たちからわたしたちを護るために盾となった。

わたしたちはそれぞれ船団に乗り込み、沈みゆく大陸から逃れた。太平洋の真ん中あたりから四方八方へ散っていった。母と兄とわたしも船に乗ってその地から逃れた。

「何とか時間を稼ぐ、必ず生き延びてくれ」

という父はじめ戦士たちからのメッセージを受け取ったわたしたちは涙しながら別天地を目指した。

そして、着いたのは、南北アメリカ大陸を繋ぐ陸地だった。そこで、その出来事を伝えながら、各地へ散った同胞たちと潜在意識でコミュニケーションをとりながら、同じように美しい海と大地、大自然と調和する生き方を続け、やがてその人生の幕を閉じた。

幕を閉じてから、ハイヤーセルフのような存在と対話をするようにセラピストが導いてくれた。その存在は光のエネルギーそのものだった。

「わたしが生きたこの世界はなんという世界なのですか？」

「あなたはどう思う？　何か聞こえないか？」

「レ、レ、ムー？　レムリア？　ですか？」

「ああ、そう呼ぶ人もいる。亜美たちと同じような人類が誕生するはるか遠い昔の世界だよ」

「では、あの破壊のパワーを持って迫ってきたのは？」

「それは物質文明を究めた人々、アトランティスと呼ぶ人もいる」

「どうしてわたしはあんな平和な世界が滅んでいくことを体験したのでしょうか？」

「自分たちも大自然の、そして神々の一部であることを忘れていくと、やがて神々に挑もうとする魂が生まれてくる。するとそれは科学という力を発展させ、目に見えるものだけを信じる強大な物質文明となる。物質文明はやがて精神文明を征服していくものだ……」

「第二次大戦も？　日本の戦いもそうだったということですか？　それを回避することはできないのですか？」

「それは何度も繰り返される。それは神々が与える試練とも言える……それを回避する方法は、それは、亜美、あなたが自分で考えてみることだよ」

「……難しいです、答えはくださらないのですか？」

「ははは、神々は人間が自分で考えることをいつも望んでおられるんだよ……あなたに詩を贈ろう」


〝今世でここに辿り着いたあなたを抱きしめてわたしは言う。

「今までよく頑張ってきたね、あなたを誇りに思う」と。

覚えているだろうか？　わたしがその昔あなたに授けたメッセージを。

わたしもかつてはあなたと同じように暗闇の中にいた。

そして無条件の愛に包まれたとき、内なる暗闇が去っていくのを感じた。
そのとき、溢れる涙を止めることができなかった。
森の精霊たちは語りかけている。
それは静かにこだまする。共に希望ある世界を創ろうと。
火の精霊たちは語りかけている。
それは静かにこだまする。共に希望ある世界を創ろうと。
川の精霊たちは語りかけている。
それは静かにこだまする。共に希望ある世界を創ろうと。
風の精霊たちは聴いている。
それは静かにこだまする。共に希望ある世界を創ろうと。
海の精霊たちは微笑んでいる。
それは静かに寄せては返す。共に希望ある世界を創ろうと。
さあ、あなたを導く神々に感謝の祈りを捧げよう。
さあ、あなたの瞳は祝福の光に溢れている。涙を拭いて自らの魂に告げよう。
ありがとう、あなた……そしてありがとう、わたし、と〟

「これは、昔、あのとき受け取った詩……。ありがとう、あなた、ありがとう、わたし……。精神文明が物質文明を優しく包み込んでいくための……」

希望と虚しさと喜びと哀しみの混じった涙がこぼれた。でも不思議と前を向いていける、きっと大丈夫、そんな気持ちになって、亜美のセッションは終わった。

次の週、高校からの仲良し四人組の一人、ルナに誘われて、ゆうこ、のりこも一緒にあるイベントに参加した。

「不思議なご縁が繫がる、ソウルメイトたちが集まってくるの。不思議なパワースポットみたいなのよ！」

というルナの話を信じてのことだった。

〝ほたる会〟という名前のその集まりは、特攻基地のあった知覧でいろいろ学ぼうと研鑽を重ねていた若い方々が、都内でも集まる学びの会を作ろうということで始まった定期的に行われる有志の会。

特攻で征った魂は、逢いたい人にほたるに変わって逢いに帰ってくるという話にちなんで付けられた名前だった。

その方々は、靖国神社や護国神社、その他の戦跡なども訪れ、戦後教育の〝辻褄の合わない〟ことや〝おかしくないか？〟ということに、ミッシングリンクとされてしまった近現代史に正面から向き合っていこうという人たちの集まりだった。

かと言って堅苦しいことばかりではなく、楽しく学び、良き出会いを重ねていこうというような社会人、学生の交流会のような雰囲気だった。

靖国神社には、特攻の母として知られる鳥濱トメさんの営んだ食堂で、出征の前に食べさせてくれたという玉子丼と同じ味の玉子丼を提供している食堂があり、そこに集まって玉子丼を食べる。そして正式参拝をして、遊就館を見学。歴史を学んだその後は、魚串炙縁というお店で懇親会、親睦を深めるのが決まりだった。

遠い祖先でも何でもない、わずか数世代前に戦地で亡くなった方の事実を確認できたり、親族からも忘れられていた方がいて、その方の存在に辿り着いたりということもあった。

実際に亜美も、靖国神社で直前の前世でもある、母方の祖先のペリリュー島で戦死した母の大叔父のことを確認できた。それはルナも、のりこもゆうこも同じだった。

ある日、仕事で横浜へ行くことがあり、横浜の山下公園にあるリカルテ将軍記念碑とフランス山の愛の母子像に行ってから、ほたる会の懇親会のある魚串炙縁に向かったことがあった。愛の母子像とは、1977年9月に横浜の住宅街に米軍機が墜落して、母親と二人の幼児が亡くなった悲しい事件のことを忘れないようにと作られた像だった。

その日のほたる会の懇親会も楽しいものだった。

参加した男性の中に、祖先が沖縄戦の生き残りだという方がいた。

「どなたが沖縄戦で亡くなられたのですか？　ぼくは沖縄出身なんです」

別の参加者の一人が聞いた。

「ぼくの祖先ではないんですけどね。ひいおじいちゃんが陸軍で、沖縄戦の生き残りだったんです。その戦友が前田高地というところで戦死したらしいのです」

「そうですか……今の浦添市ですね」

「ん？　前田高地……？」

亜美は会話に引き込まれた。

「こどもの頃から祖父、父からその話を聞かされていて、家族で沖縄へ行くときにはいつもそこへ行っていました。それから平和の礎にもその方の名前があるのでそこへも……」

交換した名刺をもう一回見直した亜美。そこには森崎と書かれていた。

「あのう……もしかして菊一さん？　佐川菊一さんですか!?」

「ああ、そうです……えっどうしてご存じ？」

亜美の両腕には鳥肌が……。

現代に生きるわたしたちが気付いていないだけで、メッセージを送っている魂はたくさんいるのだということに気付かされた。誰からも思い出されず忘れ去られている魂もまだまだたくさん……。

魂は繰り返す、繰り返してきた過去世が現在に繋がっている。そしてその魂たちはお互いに共鳴し合い、引き寄せ合う……それを神々が静かに見守っている。

亜美は自身の体験、父が残してくれたこと、母が教えてくれたことから、海の底に眠っているメッセージのようなものに辿り着きつつある自分を感じていた。

太平洋の海に眠るはるか遠い過去に生きた魂たちは、ずっとそのことを亜美に囁いていた。

汝の強きマナよ、王を護り給へ

太平洋上の雲をかき分け、鮮やかな青い空を進む飛行機の中に亜美はいた。もうすぐ1歳になる赤ちゃんは、亜美の母親に抱かれて静かに眠っている。

2022年12月13日にハワイ最後の王女と呼ばれるアビゲイル・カワナナコアさんというハワイ王族の末裔が亡くなった。

よく知られる『Aloha Oe』の詩、これを書いたのはハワイ王国を奪われた女王だった。かつて大自然との調和の中に生きていたハワイの人々。地球上の他の国々と同じように白人覇権国に追い込まれ、その独立が危うくなっていったのが太平洋の中央に位置するハワイ王国だった。

1893年にアメリカ海兵隊がイオラニ宮殿を包囲、ハワイ王政派は鎮圧された。宮殿から大量の銃が見つかったとして、女王リリウオカラニは反乱の首謀者として逮捕された。そして女王は、王国を護ろうとする忠実な臣下とハワイの民の命と引き換えに退位を強制され、署名をした。こうして1898年にハワイ王国は滅亡、アメリカの領土となった。

王国最後の女王リリウオカラニは、ハワイとアメリカの間で結ばれた併合に関する条約に対しての抗議文をアメリカ政府に送り、国際社会に訴えた。


〝神の命により国王となり、神の恩寵によりハワイの女王であったリリウオカラニは、この条約の批准に断固として抗議します……。

これはもともとこの地に安住していたハワイアンを侮辱する行為であり、王族の権利の侵害です。これは国際法上、我が国民や友好国に対する正義への冒涜、国家を転覆する許されざる暴力です。

アメリカ合衆国政府との話し合いの中で、わたしはいつも流血の事態を避けようとしてきました。そして強大な軍事力と衝突する無益さもわかっていました。わたしは一貫して戦争を望んでいませんでした。

この条約は、アメリカはハワイとの友好関係を維持するという約束を破るだけでなく、ハワイ王国とその友好国が交わした全ての条約をないがしろにするものであり、明らかに国際法違反です……。

わたしは、アメリカ合衆国大統領と連邦議員に対し、同条約の批准を却下することを嘆願します。わたしはこの願いをこの美しいハワイに生きてきた全ての魂の誇りにかけて、善悪の判断を下す神に訴えます……〟

しかし、女王の訴えなど見向きもされず、やがて宮殿にはアメリカの星条旗が掲げられた。そして女王は次の詩を残した。

〝永遠なれ大地の命　汝の正義のもと　汝の強きマナのもと　命を与え給う　王に命を〟

マナとは超自然的な力、奇跡の力という意味がある。

リリウオカラニのお兄さんであるカラカウア王が日本に救援を求めてきたのは1881年のことだった。

「ハワイの独立はアメリカに脅かされている、何とか自分の姪のカイウラニー姫のお相手に日本の皇族の方をいただきたい。そして自分の跡を継いでハワイの王となって、ハワイの独立を守っていただきたい」と依頼してきた。

明治天皇と政府はそのような前例がないとして、丁重に辞退。その後、強引なハワイ併合策を進めるアメリカに、日本政府は再三にわたって、武力による征服を厳重に抗議した。

アメリカはクーデターを起こし、王政を転覆させて、海軍基地を作った。
それがパールハーバー。

亜美は、父が残したメッセージを手にしていた。

「あなたがこどもの頃、毎年桜の季節に靖国神社へ行きました。そこから道路の反対側の公園に行って、桜の木の下でおにぎりを食べましたね、覚えていますか？
あなたに家族ができたら、是非そこへ行ってください。

そこは皇居外苑 北の丸公園、あなたのおじいちゃんがあの戦争のときに寝泊まりしていた宿舎があったところです。そこでおじいちゃんは陛下と皇族の方々を護る部隊、近衛師団にいました。

戦後日本人は8月15日が終戦と思っていますが、あなたのおじいちゃんのいた部隊はまだまだその任務を終えていませんでした。

それは、ソ連も侵攻してきましたし、陛下や皇族方が連合国側、アメリカ軍に処刑されてしまうかもしれなかったので、最後の一兵になっても護り抜くことが、戦後日本の再興に欠かせない大切なことだったからです。

おじいちゃんは〝入隊のとき、生きて帰ってくることはないと思った。そしてあのときは死を覚悟した〟と後で語ることがありました。

あの時代を生きた人たちは、他の世界が覇権国にどういう目にあってきたのかをよくわかっていました。もし皇室がなくなってしまったら、日本という国の形がなくなり、まだ見ぬ未来のこどもたちの運命が大きく変わってしまう、破壊されてしまうという恐怖を目の前に感じていました。

大正15年、昭和元年に生まれたおじいちゃんは、昭和天皇裕仁陛下の崩御と共にこの世を去りました。近衛兵らしい最期でした。

その公園内には近衛師団の慰霊碑があります。そこへ寄ってくれたら、あなたのおじいちゃんとその戦友たちも微笑んでくれるでしょう。園内の桜の木々は、徳仁天皇陛下と雅子皇后のご成婚記念のときにわたしたちが植えた桜で、毎年きれいに咲いていてくれています。

最後にあなたのおじいちゃんがわたしに残してくれたある人物が書いた手紙をここに。

小さいとき、わたしは父に連れられ、この方のところへ行ったことは記憶にあります。この方は生涯結婚することなくこどももいなかったので、親交のあった人たちにその魂の叫びを伝えたかったのだと思います。

あなたがこのメッセージを受け止め、そして伝えてくれたら嬉しいです。

〝こどもたちはわたしたちの未来そのものです。日本の敗戦以来、そのこどもたちの瞳が輝き、背筋が伸び、誇りと自尊心と笑顔に溢れる日が来ることを夢見てきました。

形の上では一時的にせよ日本は豊かになり、それなりの幸せを享受してきました。

しかし、真の独立国にはなっていません。他国からの恫喝に屈することなく、自主防衛できる社会を作る、それを実現できなかったことがわたしの人生でもっとも悔やむべきことでした。使命は生命より重いという信念を持って生きてきましたが、無念です。

この国が〝自分たちのこどもは自分たちが護ります。だから安心して生まれてきてください〟という当たり前の国になって、こどもたちが誇りを胸に五つの大陸と七つの海を翔ける日が来ることを、死してもなお念じ続けます。

自分の国に誇りを持てない人間は他国の人を尊重できません。自尊心は平和と友好の源泉であり、健全な愛国心こそが深い水脈で繋がって、互いを認め合い共存する世界の平和の礎となります。

この世界には目に見えない大切な価値が存在すること、それが尊いものであることをお子さんたちへ伝え続けてください。

この国が、この星が、人間愛に包まれ安心して暮らせる場所となることを祈ります。

浦壁　宗正〟

これが、おじいちゃんがこの方から受け取った手紙です。この方は叙従六位の勲を受け、歴代の政府要人にご意見できるような方でしたが、とっても優しい方だったのだと思います」

飛行機はダニエル・K・イノウエ国際空港に着陸態勢になった。

仕事でカリフォルニアに行っていた亜美の夫は、一足先にホノルルで亜美たちを待っている。

Aloha Oe
さようなら　あなた　深い森の美しい人　やさしく抱きしめあったら　わたしは行こう
また会う日まで

日米決戦再び

有史以前、氷河期よりもはるかはるか太古の昔、この星にはレムリアという文明があった。大自然そのものを神々と仰ぎ、人間もその一部として愛と調和を奏でる世界で、人々は咲き誇る精神文明の栄華のときを謳歌していた。やがて物質文明の雄、アトランティスに追い込まれ、抵抗虚しく人々は命を奪われ、滅びゆく運命を辿った。

そこから逃げ延びることができた人々は、欧州へ、インド南部へ……太平洋を取り巻く大地へ散っていった。

エスキモー、アメリカンインディアン、マヤ、インカ、ペルー、マオリ、ワイタハ、アボリジニ、アミ……南北アメリカ、フィジー、ニューカレドニア、タヒチ、ニューギニア、オーストラリア、ニュージーランド、フィリピン、マレーシア、インドネシア、タイ、パラオ、グアム、サイパン、台湾、沖縄、そして日本……その真ん中にハワイがある。

太平洋の海とそれを取り巻く環太平洋に存在した数々の文明、それはかつてのレムリアの末裔たちだった。ハワイ諸島はその失われたレムリアの残照のような場所。神業のごとく複数のプレートが重なり合って奇跡的に成り立っていた日本列島は、大自然の恵みと戒めを神々の意志と受け止める文明が自然に育まれていた。それと相俟ってその精神文明は美しく咲き続け、神々と大自然と調和を重ねていった。それを後世が縄文と呼んでいる。

やがて近現代を迎え、戦うことを望まぬ人々は、自分の神こそ唯一絶対の正義であるという思想と圧倒的な科学力と軍事力の白人物質文明という破壊力に次々と制圧されていった。座してその力に征服され植民地奴隷となることを何としても受け入れたくなかった日本は、勇気を持って立ち上がり最後まで死に物狂いの抵抗をした。

自分たちが時間を稼ぐから、必ず生き延びてくれと手榴弾を胸に抱いて敵の戦車へ潜り込んだ……。この島を一日長く護れば、こどもたちが一日生き延びられる、時間を稼げる……。この命が未来のこどもたちの笑顔に繋がるならと捨て身の体当たりをした……。お母さんと叫びながら……。

それはかつて物質文明に征服されたときの哀しみを知る人々が、その記憶を思い出し、勝てないとわかりつつ、恐怖に向き合いながら、せめてもの抵抗をしよう、愛する人たちが逃れる時間を稼ごうと、レムリアの末裔に残っている戦士としての魂にスイッチを入れ、誇りをかけて立ち上がったことの再現であり、そのようなことは悠久の歴史の中で何度も繰り返されてきたことであることを前世療法から学んだ。

後世が後世の常識と感覚で、その善悪を簡単に裁くことなどできない。個人同士は仲良くなれてもそれが大きくなっていくと、時に人類は誰も逆らえない歯車を回してしまうことがある、文明は突如として衝突するものだということを母は教えてくれた。

いつものカフェで出会った小泉さんは、山梨県出身。わたしをパラオへ導いてから今世を終えてくれた奇跡のメッセンジャーだった。ガンで余命宣告を受けていて、最後にパラオへ行こうとしていたところだったと、後で旅行会社の方から聞いた。今世のわたしが生まれた意味に辿り着くためにと願いを込めてわたしの手を包み込んでくれた。

彼の父、小泉甲斐一さんは、ペリリュー島の戦いの生き残り。小泉さんは折に触れ父親に連れられパラオへ慰霊に行っていた。前世療法の中で、わたしをレムリア時代へ行けと命じてくれたのは小泉甲斐一さんだった。

わたしの両親は、自分たちが泊まったパラオのホテルに、〝もし娘、亜美の予約が入ったら、ソフィアへ連絡するように〟と頼んでいた。わたしが自分で精神世界のドアをノックしたとき、自分で扉を開けることができるようにと鍵を残してくれていた。

環太平洋に散ったレムリアの末裔は深い深い潜在意識下でコミュニケーションを取ることができていた。パラオのコミネ酋長はそのことを教えてくれた。レムリアの人たちは、自分たちの身体のブループリントが青く光り、その力がばれることを隠すために体に絵を書いた。タトゥーはその名残だ。

あの山を奪われてはいけないというのは、シャスタやセドナのような聖地のことだけではなかった。ウランの眠る鉱山のことで北米にはたくさんあり、それで核兵器を作ることができる。レムリアの末裔たちはそれが軍事利用されることの恐ろしさを知っていたから、人を欺く目を持つ人たちからあの山を守れと伝え続けてきたのだった。

父がグアテマラで見た夢は、スペインに征服されたマヤの人々、そしてアトランティスに征服されていったレムリアの人々が重なったものだった。

ペリリュー島で戦死した母の大叔父の戦友たちが、小泉さんを通してわたしへメッセージを届けてくれた。もしそれをわたしがキャッチしていなかったら、まるで違う運命になっていたし、結婚もしていないし、こどももできなかっただろう。
わたしとお兄ちゃんは違う魂だった。今にして思えば、元婚約者とうまくいかなかったのは、わたしをお兄ちゃんの生まれ変わりと出会わせるため、そして母が流産したお兄ちゃんに今世で会えるようにするための、父からのメッセージだったのかもしれない。

レムリア時代のわたしの過去世が辿り着いた南北アメリカを結ぶ橋のような大地は、現在のコスタリカ。カリブ海と太平洋の狭間にある美しい海と大自然でできた小国は、周りに強大な覇権国がなく、平時は奇跡的に軍隊のない非武装中立を実現している。その代わり周辺国との同盟があり、有事には自分たちのこどもは自分たちが護りますという態勢は整っている。

〝被害者加害者和解プログラム〞という事件解決の方策があり、被害者と加害者の当事者関係者が一堂に会するという方法で、修復的司法と呼ばれている。その流れの一つとして、アメリカの大統領が広島を訪れ、日本の首相が真珠湾を訪れるという式典が実現されたのは２０１６年だった。それでも覇権国の軍拡競争は終わることはないが、こうして少しずつ太平洋の荒波は癒され浄められ、調和の波へと変わっていくのだろう。

ラニカイビーチで、わたしは父が残してくれたブルーのカバーに包まれた『母学』という一冊の本を読み返していた。

東日本大震災の2週間くらい前に地震の夢を見たと言っていた父。

「家が壊れて中から手を出している亜美をひっぱり出して、近くの公園で過ごしていたけど、夢の中ではあんなにすごい津波が襲ってくる場面はなかった」

と言っていた父は、3・11当日には学校に一番乗りでわたしを迎えに来てくれた。

父の直前の前世は、陸軍の日本兵。大陸で負傷して広島陸軍病院へ、そこから東京陸軍第二病院へ送られ戦死。その病院は戦後に国立小児病院となった。父は、生まれ変わりの事実を証明する写真や書籍、文書を残してくれた。


『母学 赤ちゃんを知る。そして母になる。』……この本は、父がお世話になった国立小児病院名誉院長の小児科医の著書。

それまで父にたくさんの書籍を渡してくれていた元大日本帝国海軍上等兵、国際小児科学会会長も務められた医師が、亡くなる前に最後に父に渡してくれた一冊だ。

父は、わたしが将来手に取ってほしい書籍をたくさん残してくれた。

正直なところ学生時代には全く関心がなかったし、全く興味がわかなかった。

今は、それが並ぶ本棚を眺めているだけで、心があたたかくなる。わたしに深い情緒と広い世界観を育んでほしいという願いに溢れた物語たちが誇らしげに並んでいる。真実を見極めるための瞳を持てるように思想や哲学を深めてほしい、という想いに溢れたいろいろな分野の書籍たちは照れくさそうに並んでいる。そんな中でひときわオーラを放っているように見えたのが『母学』だった。

〝未来のお母さんへ　すべての子ども達が〝Joie de vivre〟「生きる喜び」一杯になるように、赤ちゃんの心と体を知って母になっていただきたいのです。小児科医として伝えたいことを、この一冊にまとめました〟

胎児のときから子育てまでの学術内容が読みやすいようにエッセイのように綴られている。

それを1ページずつめくりながら、その先に赤ちゃんと波際で戯れる母を見ていた。

『母学』は、国立小児病院を訪れ、笑顔でこどもたちを抱き上げそして抱きしめた元英国皇太子妃の写真とそのエピソードで終わる。

2歳年上の夫は、大の野球好き。胎内記憶があると本人は言っていて、生まれる前に誰かとキャッチボールをしていたと自慢している。今日は野球の世界一を決めるトーナメントの決勝戦。日本VSアメリカ戦に備えてビールとワインを買って、ホテルで食事の準備をしている。

夫が、父と母の流産した魂の生まれ変わりだということに、わたしは気付いている。巡り巡って今世は夫婦になったソウルメイト……。

でも、しばらくは母にも夫にも内緒にしておこうと決めている。前世、過去世やソウルメイト、ツインレイといった魂の絆に辿り着くのは、ヒプノセラピーを受けて感じ取るのもいいし、本人が時を重ねて辿り着くのも良い気がする。どちらも神々が人間に課した経験という人生の宝だ。

「今、日米両キャプテン先頭に、日の丸と星条旗を持ってスタジアムへ入ってきたよ」

と夫からメッセージが来た。

1919年、第一次世界大戦後のパリでの国際連盟（League of Nations）で、世界で初めて日本全権が人種差別撤廃を国際社会に訴え、アメリカ合衆国大統領のウィルソンに反対され却下されてから100年以上が過ぎた。

1944年、第二次大戦中、アメリカ陸軍のバスの中で、白人運転手がある黒人兵士に黒人用シートへの移動を命じたが、その兵士は移動を拒否した。この兵士は後に背番号42を背負いベースボールスタジアムに立った。伝説の黒人プレーヤー、ジャッキー・ロビンソンがメジャーリーグデビューを果たし新人王となってから70年以上が過ぎていた。今ではメジャー全球団が42番を永久欠番にしている。

きっと、今日の決勝戦は日米双方の戦争犠牲者の魂、トーナメントに参加した全ての国のあの時代を生きた魂たちがスタジアムに大集合して、ビールを片手に肩を組んでベースボールを楽しむのだろう。


帝国の興亡という荒波はこれからも繰り返されるだろう。わたしとこどもの時代にも文明の衝突が起きるかもしれない。そのことに正面から向き合いながら、戦いの虚しさと哀しみを受け止め包み込み、物質文明と精神文明を調和させ、憎しみや怒りの傷を浄化させながら共に生きていく未来を創ることができるのは、女性の持つ、優しさ、寛容、肯定、共感、協調、共創……何かを産み育てるという意志と覚悟であり、海のように深い母の愛しかない……神々は今世のわたしにそのことを学びなさいと導いてくれた。

海は青い宝石のようにきらめいていた。そして、降り注ぐ日差しがその輝きを引き立たせる……。

母にあやされながら、赤ちゃんは浮き輪に身を任せて無邪気な笑顔でその日差しと海を楽しんでいた。

参考文献

小林登『母学　赤ちゃんを知る。そして母になる。』アップリカ育児研究所　２０１５年
真壁宗雄著　篠田五郎編『日本人ここにあり　野人真壁宗雄の生態』真壁宗雄自叙伝刊行会　１９９１年
村井啓一『悲嘆療法　死者との再会で癒される』静林書店　２０１５年
ＡＳＥＡＮセンター編『アジアに生きる大東亜戦争』展転社　１９８８年
名越二荒之介編『世界から見た大東亜戦争』展転社　１９９１年
ヘレン・ミアーズ著　伊藤延司訳『アメリカの鏡・日本　完全版』ＫＡＤＯＫＡＷＡ　２０１５年
Ｊ・Ｂ・ハリス著　後藤新樹訳『ぼくは日本兵だった』旺文社　１９８６年
田中清玄『田中清玄自伝』文藝春秋　１９９３年
関岡英之『帝国陸軍　知られざる地政学戦略　見果てぬ「防共回廊」』祥伝社　２０１９年
樋口隆一『陸軍中将　樋口季一郎の遺訓　ユダヤ難民と北海道を救った将軍』勉誠出版　２０２０年
ハワイ州観光局『アロハプログラムホームページ』２０２０年
（２０２２年12月8日取得　https://www.aloha-program.com/）

〈著者紹介〉
岩下光由記（いわした みつゆき）

1968年生まれ。幼少期から精神世界に深い関心を持ち続ける。
一般社団法人日本臨床ヒプノセラピスト協会会員
National Guild of Hypnotists loyal member
American board of hypnotherapy Certified hypnotherapist
ファイナンシャルプランナーでもあり、精神世界と現実世界を繋ぐ架け橋としてクライアントへのアドバイス等を行う。
『前世から届いた遺言』（文芸社、2019年）を出版。
『「生まれ変わり」を科学する』（大門正幸著、桜の花出版、2021年）に、生まれ変わりの大人の例の一つとして掲載される。

哀瞳《あいとう》のレムリア
太平洋《たいへいよう》を巡《めぐ》る神々《かみがみ》の光波《こうは》と
久遠《くおん》の時《とき》を刻《きざ》む魂《たましい》たちからの伝言《でんごん》

2023 年 12 月 20 日　第 1 刷発行

著　者　　岩下光由記
発行人　　久保田貴幸

発行元　　株式会社 幻冬舎メディアコンサルティング
〒151-0051　東京都渋谷区千駄ヶ谷4-9-7
電話　03-5411-6440（編集）

発売元　　株式会社 幻冬舎
〒151-0051　東京都渋谷区千駄ヶ谷4-9-7
電話　03-5411-6222（営業）

印刷・製本　中央精版印刷株式会社
装　丁　　杉本萌恵

検印廃止

Printed in Japan
ISBN 978-4-344-94603-3 C0093
幻冬舎メディアコンサルティングＨＰ
https://www.gentosha-mc.com/